NARRATIVAS DO ESPÓLIO

Obras de Franz Kafka:

Descrição de uma luta (1904)
Preparativos para um casamento no campo (1907)
Contemplação (1912)
O desaparecido (ex-*America*) (1912)
O foguista (1912)
O veredicto (1912)
A metamorfose (1912)
O processo (1914)
Na colônia penal (1914)
Narrativas do espólio [coletânea elaborada por Modesto Carone] (1914-24)
Carta ao pai (1919)
Um médico rural (1919)
O castelo (1922)
Um artista da fome (1922-24)
A construção (1923)

A Companhia das Letras iniciou em 1997 a publicação das obras completas de Franz Kafka, com tradução de Modesto Carone.

FRANZ KAFKA

NARRATIVAS DO ESPÓLIO
(1914-1924)

Tradução e posfácio:
MODESTO CARONE

5ª reimpressão

COMPANHIA DAS LETRAS

Copyright tradução, posfácio e notas © 2002 by Modesto Carone

Grafia atualizada segundo o Acordo Ortográfico da
Língua Portuguesa de 1990,
que entrou em vigor no Brasil em 2009.

Título original:
Erzählungen aus dem Nachlass

Capa:
Hélio de Almeida
sobre desenho de
Amilcar de Castro

Digitação:
Mariangela Nieves

Preparação:
Eliane de Abreu Santoro

Revisão:
Beatriz de Freitas Moreira
Maysa Monção

Atualização ortográfica:
Adriana Moreira Pedro

Dados Internacionais de Catalogação na Publicação (CIP)
(Câmara Brasileira do Livro, SP, Brasil)

Kafka, Franz, 1883-1924.
Narrativas do espólio : (1914-1924) / Franz Kafka ; tradução
e posfácio Modesto Carone — 1ª ed. — São Paulo : Companhia
das Letras, 2002.

Título original: Erzählungen aus dem Nachlass
ISBN 978-85-359-0249-5

1. Romance alemão — Escritores tchecos I. Carone,
Modesto, 1937-. II. Título.

02-2629   CDD-891.8635

Índices para catálogo sistemático:
1. Romances : Século 20 : Literatura tcheca em alemão
891.8635
2. Século 20 : Romances : Literatura tcheca em alemão
891.8635

<u>2021</u>

Todos os direitos desta edição reservados à
EDITORA SCHWARCZ S.A.
Rua Bandeira Paulista, 702, cj. 32
04532-002 — São Paulo — SP
Telefone: (11) 3707-3500
www.companhiadasletras.com.br
www.blogdacompanhia.com.br
facebook.com/companhiadasletras
instagram.com/companhiadasletras
twitter.com/cialetras

SUMÁRIO

O mestre-escola da aldeia 9
Blumfeld, um solteirão de meia-idade 30
A ponte 64
O caçador Graco 66
Durante a construção da muralha da China . . 73
A batida no portão da propriedade 92
O vizinho 95
Um cruzamento 98
Uma confusão cotidiana 101
A verdade sobre Sancho Pança 103
O silêncio das sereias 104
Prometeu 107
O brasão da cidade 108
Posêidon 110
Comunidade 112
À noite 114
A recusa 115
Sobre a questão das leis 123
O recrutamento das tropas 126
A prova 130
O abutre 132
O timoneiro 134

O pião 136
Pequena fábula 138
Volta ao lar 139
A partida 141
Advogados de defesa 142
Investigações de um cão 146
O casal 201
Desista! 209
Sobre os símiles 210

Posfácio, *Modesto Carone* 213

NARRATIVAS DO ESPÓLIO

O MESTRE-ESCOLA DA ALDEIA

Aqueles que — faço parte deles — acham repelente uma pequena toupeira comum provavelmente teriam morrido de repugnância se tivessem visto a toupeira gigante que, faz alguns anos, foi observada nas proximidades de uma pequena aldeia, a qual, por causa disso, alcançou certa notoriedade transitória. De qualquer modo ela já voltou há muito tempo ao olvido e nisso compartilha com a falta de fama do fenômeno inteiro, que ficou completamente sem explicação mas que as pessoas não fizeram muito esforço para esclarecer e que, em consequência de uma negligência incompreensível daqueles círculos que deveriam ter-se ocupado do caso — e na verdade se ocupam com dedicação de coisas muito menos significativas —, foi esquecido sem uma investigação realizada em maior profundidade. O fato de a aldeia ficar longe da ferrovia não pode, de modo algum, constituir uma desculpa para isso, muita gente vem de longe por curiosidade, até do exterior; só aqueles que deveriam ter mostrado mais que curiosidade é que não vieram. Se não tivessem sido pessoas completamente simples, cujo habitual trabalho diário mal permite que respirem tranquilamente, se essas pessoas não houvessem assumido de modo desinteressado a questão, o rumor a respeito do fenômeno provavelmente não poderia ter transcendido o âmbito mais próximo. É preciso admitir que mesmo o boato, que de outra maneira não seria contido, neste caso era francamente pesado e não teria se difundido se não houvesse sido literalmente empurrado. Mas sem dúvida não era esse o fundamento para não se preocupar com o caso; pelo contrário, também desse modo a questão deveria ter sido investigada. Em vez disso, deixou-se o único tratamento por escrito da questão a cargo do velho mestre-escola da aldeia, que era um homem excelente em seu ofício mas cuja capacidade, tão pequena quanto seu preparo, não possibilitava que ele oferecesse do fenômeno uma descrição exaustiva, além de aproveitável — sem mencionar, aqui, o esclarecimento do assunto. O pequeno escrito foi impresso e bem vendido aos que então visitavam a aldeia; obteve também algum reconhecimento, mas o mestre-escola era suficientemente inteligente para se dar conta de que seus esforços isolados e sem apoio de ninguém no fundo eram desprovidos de valor. Mas que, apesar disso, insistisse no assunto, e o caso, em consequência de sua própria natureza, se tornasse de ano a ano mais desesperado, transformando-se na tarefa de sua vida, prova, por um lado, como era grande o efeito que aquela aparição podia exercer e, por outro, que perseverança e fidelidade de convicção é possível encontrar num velho e despercebido mestre-escola. Contudo, o fato de haver sofrido muito, diante da atitude desdenhosa das personalidades que impunham o tom, demonstra um pequeno apêndice que ele acrescentou ao seu escrito, sem dúvida depois de alguns anos, ou seja, numa época em que praticamente ninguém mais podia se lembrar do que aqui se tratava. Nesse suplemento, ele, por honestidade e não, talvez, por habilidade, formula a queixa convincente contra a falta de compreensão que encontrou entre as pessoas das quais havia menos motivos de esperá-la. Sobre essas pessoas diz com acerto: "Não sou eu, e sim eles, que falam como velhos mestres-escolas". E entre outras coisas apresenta o veredicto de um erudito, ao qual, por conta própria, havia se dirigido neste seu caso. O nome do sábio não é apresentado, mas, por diversos pormenores secundários, é possível adivinhar quem tenha sido. Depois que o mestre-escola superara grandes dificuldades para chegar ao sábio, ao qual antes, durante semanas, se anunciara para ser afinal recebido, reparou, logo ao ser saudado, que o erudito estava enredado num preconceito insuperável em relação ao tema. O tamanho da indiferença com que escutou o longo relatório do professor — que este havia feito com o manuscrito na mão — ficou demonstrado na observação que, depois de alguma meditação aparente, ele manifestou:

— Certamente existem toupeiras diversas, pequenas e grandes. A terra, na região em que se encontram, é particularmente preta e pesada. Ora, ela oferece, por causa disso, também às toupeiras, alimentação especialmente nutritiva ali e elas se tornam grandes fora do que é comum.

— Mas tão grandes assim, não! — exclamou o professor e, exagerando um pouco em sua raiva, mediu dois metros na parede.

— Oh, sim — respondeu o sábio, a quem tudo aquilo evidentemente causava a maior graça. — Por que não?

Com essa resposta o professor voltou para casa. Conta como sua mulher e seus seis filhos o haviam esperado à noite sob a neve, na estrada, tendo de reconhecer perante todos o malogro definitivo de suas esperanças.

Quando li a respeito do comportamento do sábio diante do mestre-escola, ainda não conhecia em absoluto o escrito principal do professor. Mas resolvi imediatamente reunir e organizar tudo o que podia vir a saber sobre o caso. Como, no entanto, não era possível meter o punho diante da cara do sábio, pelo menos meu escrito devia defender o professor ou, expressando-me melhor, não tanto ele, mas a boa intenção de um homem honesto mas sem influência. Confesso que mais tarde me arrependi dessa resolução, pois senti logo que aquilo que ele expunha era capaz de me levar a uma situação estranha. Por um lado, minha influência também não era nem de longe suficiente para mudar a opinião do sábio ou do público em favor do mestre--escola, por outro, porém, o mestre-escola tinha de notar que, como alvo principal, me importava menos a prova da existência da toupeira gigante do que a defesa de sua honradez, a qual, por sua vez, parecia óbvia e com certeza não precisava de defesa alguma. Portanto, o que ia necessariamente ocorrer era que eu, desejando estar vinculado ao mestre-escola, não encontrasse nele a menor compreensão, e que, provavelmente, em vez de ajudar aquela pessoa, precisasse de um novo protetor, cuja entrada em cena era muito improvável. Além do mais me impunha, com essa decisão, um grande encargo. Se quisesse convencer, não podia recorrer ao mestre-escola, que, por seu turno, não fora capaz de convencer. O conhecimento de seu escrito só teria me induzido a erro, e evitei, por isso, lê-lo antes de concluir meu próprio trabalho. Em verdade nunca estabeleci vínculo com o mestre-escola. Seja como for, ele ficou sabendo, por intermédio de terceiros, das minhas pesquisas, mas não tinha conhecimento se eu trabalhava a seu favor ou contra ele. É provável até que tivesse como pressuposto a última hipótese, embora posteriormente o negasse, pois eu disponho de provas de que ele havia colocado diversos obstáculos em meu caminho. Podia fazê-lo com muita facilidade, uma vez que fui obrigado a repetir todas as pesquisas que ele já tinha efetuado e, por essa razão, ele conseguia estar sempre em condições de se antecipar a mim. Era a única objeção, porém, que podia ser feita com razão ao meu método, aliás uma reprovação inevitável, mas que ficou muito enfraquecida pela cautela e até mesmo pela autonegação de minhas conclusões finais. No restante, entretanto, meu escrito estava livre de qualquer influência do mestre-escola; nesse ponto talvez eu tenha apresentado uma meticulosidade excessiva: era como se até então ninguém houvesse investigado o fenômeno; como se eu fosse o primeiro a interrogar as testemunhas oculares e de ouvido; o primeiro a alinhar os dados e o primeiro a tirar conclusões. Quando, mais tarde, li o escrito do mestre-escola — ele tinha um título muito complicado: "Uma toupeira tão grande como ninguém ainda viu" —, achei que, de fato, não coincidíamos em pontos essenciais, embora ambos acreditássemos ter demonstrado o principal, ou seja, a existência da toupeira. De qualquer modo, aquelas divergências isoladas de opinião impediam o surgimento de uma relação de amizade com o mestre--escola, na qual, apesar de tudo, eu depositava esperança. Quase se manifestou uma certa hostilidade da parte dele. Na verdade ele sempre permaneceu modesto e humilde diante de mim, mas era possível notar — por isso mesmo com mais nitidez — seu verdadeiro estado de ânimo. Inclusive sua opinião era que eu o havia prejudicado inteiramente, bem como à causa, e que minha crença, no sentido de tê-lo beneficiado ou de poder fazê-lo, era, no melhor dos casos, ingenuidade — provavelmente, porém, arrogância ou perfídia. Antes de tudo, apontou várias vezes que todos os seus adversários até o momento simplesmente não tinham mostrado sua oposição, a não ser a sós e apenas verbalmente, ao passo que eu havia considerado necessário mandar imprimir a minha de imediato.

Além do mais, os poucos opositores que haviam realmente se ocupado com o caso, embora de forma superficial, poderiam ao menos ter escutado a opinião dele, mestre-escola, ou seja, aquela que então predominava, antes de terem eles próprios se expressado; mas eu produzira resultados a partir de dados reunidos assistematicamente e em parte mal compreendidos, que mesmo certos no essencial teriam de produzir efeitos infundados, na realidade tanto sobre a multidão como sobre os ilustrados. Mas a aparência mais fraca da inverossimilhança era o que podia acontecer de pior. Desse modo, até às objeções oferecidas veladamente eu poderia responder-lhe com facilidade; assim, por exemplo, o cúmulo da inverossimilhança era sem dúvida representado justamente por seu escrito; mas mostrava-se menos fácil lutar contra suas outras suspeitas e isso constituía o fundamento em nome do qual me retraí diante dele no conjunto. No íntimo, aliás, ele acreditava que eu queria destituí-lo de sua fama de ser o primeiro representante público da toupeira. Ora, na verdade já não existia para a pessoa dele, de modo algum, essa fama, apenas um certo ridículo, que se limitava, porém, a um círculo cada vez menor e ao qual eu não queria me candidatar com toda a certeza. Fora isso, no entanto, eu havia explicado explicitamente na introdução do meu escrito que o professor devia ser considerado em qualquer tempo o descobridor da toupeira — de fato ele não era nem mesmo isso — e que só a participação no destino do mestre me compelira a redigir o escrito. "O objetivo deste escrito" — assim concluí, pateticamente demais, porém em consonância com minha excitação naquela época — "é ajudar a difusão merecida do escrito do mestre-escola. Se isso for alcançado, então meu nome, transitório e só exteriormente envolvido neste assunto, deve ser de imediato extirpado dele." Rejeitei, pois, de modo cabal, qualquer participação maior no caso, quase como se tivesse intuído de algum modo a objeção inacreditável do professor. Apesar disso ele encontrou sustentação contra mim justamente nessa passagem e não nego que houvesse um traço aparente de justificação naquilo que dizia ou talvez insinuasse; conforme algumas vezes me chamou a atenção que, em vários aspectos, ele quase demonstrava uma perspicácia maior em relação a mim do que em seu escrito. Afirmava inclusive que minha introdução era dúbia. Se de fato me movia o interesse de divulgar seu escrito, por que não me ocupava exclusivamente dele e do escrito, por que não mostrava seus méritos, sua irrefutabilidade, por que não me limitava a destacar o significado da descoberta, tornando-a compreensível, por que, ao contrário, me intrometia na própria descoberta, negligenciando por completo o escrito? Por acaso ela já não tinha sido feita? Nesse sentido, faltava porventura alguma coisa por fazer? Mas, se eu realmente acreditava ter de refazer a descoberta, por que então me desligava dela tão solenemente na introdução? Poderia ser uma modéstia hipócrita, mas era algo pior. Eu desvalorizava a descoberta, chamava a atenção sobre ela apenas com o objetivo de desqualificá-la, eu a estudara e a deixara de lado, talvez houvesse se manifestado em torno daquele caso um pouco de silêncio, agora eu voltava a fazer barulho outra vez, mas ao mesmo tempo tornava a situação do mestre--escola mais difícil do que ela jamais fora. O que significava então para o professor a defesa de sua honradez? Era o caso, só o caso que lhe importava. Este porém eu traía, porque não o entendia, porque não o avaliava certo, porque não tinha nenhuma sensibilidade para ele. O assunto superava desmedidamente minha compreensão. Ele estava sentado à minha frente e me fitava tranquilamente com seu velho rosto rugado — e no entanto era essa, apenas essa, a sua opinião. De qualquer forma, não era certo que só o caso o interessava, ele era até bem ambicioso e queria também ganhar dinheiro, o que, levando-se em conta sua numerosa família, era muito compreensível; apesar disso, minha atenção pelo assunto lhe parecia comparativamente tão pequena, que ele se julgava inteiramente apto a me apresentar como alguém sem o mínimo interesse, não incorrendo nisso numa inverdade muito grande. E com efeito não bastava, nem mesmo para minha satisfação interior, quando dizia, de mim para comigo, que as reprovações desse homem derivavam, no fundo, do fato de que ele, de certo modo, segurava sua toupeira com as duas mãos e chamava de traidor quem quer que quisesse chegar perto só com o dedo. Mas não era assim; seu comportamento não podia ser explicado nem por avareza nem, menos ainda, só por ela; devia, antes, ser atribuído à excitação que seus grandes esforços e sua total falta de êxito haviam provocado nele. Mas também a excitação não explicava tudo. Talvez meu interesse pela questão fosse realmente reduzido; para o mestre--escola a falta de interesse por parte de estranhos já era algo comum, em geral ele sofria com aquilo, mas não nos casos particulares; aqui, no entanto, aparecia alguém, finalmente, que se interessava pelo assunto de maneira extraordinária, e mesmo essa pessoa não compreendia a questão. Uma vez impelido nessa direção, eu não quis negar absolutamente nada. Não sou um zoólogo, talvez tivesse me entusiasmado por esse fenômeno até o fundo do coração se eu mesmo o houvesse descoberto, mas não o descobrira. Certamente uma toupeira tão gigantesca é uma curiosidade; não se deve, porém, exigir a atenção duradoura do mundo inteiro por ela, principalmente se a existência da toupeira não está comprovada de uma maneira de todo incontestável e, seja como seja, não se pode exibi-la. Reconheci também que provavelmente não teria me engajado tanto, de modo algum, pela toupeira, mesmo que fosse eu o descobridor, como o fiz pelo mestre-escola, livremente e com gosto.

Ora, é provável que a divergência entre mim e o mestre tivesse se dissolvido logo se meu escrito houvesse alcançado êxito. Mas foi exatamente esse êxito o que faltou. Talvez ele não fosse bom, redigido de um jeito não totalmente convincente; sou comerciante, a redação de um relato dessa natureza talvez ultrapasse bem mais o âmbito que me foi imposto do que fora o caso do mestre-escola; seja como for, eu, apesar disso, superava em todos os conhecimentos aqui necessários o mestre — de longe. O malogro podia também ser interpretado de outra maneira, além dessa: o momento da aparição talvez fosse inoportuno. A descoberta da toupeira, que não pudera se difundir, não estava, por um lado, tão distante ainda, a ponto de que pudessem tê-la esquecido de todo e portanto, por meio do meu escrito, capaz de causar, porventura, alguma surpresa; por outro lado, entretanto, havia decorrido tempo bastante para esgotar inteiramente o mínimo interesse, que de início existira. Aqueles que de algum modo meditaram sobre meu escrito disseram a si mesmos, com uma espécie de desconsolo — que fazia anos já dominara esta discussão —, que precisam, agora, recomeçar com certeza os esforços inúteis em torno desse caso estéril, e muitos são os que até confundiram meu escrito com o do mestre-escola. Numa revista importante de agricultura encontrava-se a seguinte observação, felizmente só no fim e impressa em letras pequenas: "O escrito sobre a toupeira gigante nos foi remetido de novo. Recordamos já ter rido a valer dele, faz alguns anos. Desde então esse escrito não se tornou mais inteligente e nós não ficamos mais estúpidos. O problema é que simplesmente não conseguimos rir pela segunda vez. Ao contrário, perguntamos agora a nossas associações de mestres se um mestre-escola de aldeia não pode encontrar trabalho mais útil do que ficar atrás de toupeiras gigantes". Um equívoco lamentável! Não tinham lido o primeiro nem o segundo escrito, e as duas miseráveis palavras, engolfadas às pressas — toupeira gigante e mestre-escola — já bastaram para aqueles senhores encenar que são representantes de interesses reconhecidos. Em sentido contrário, várias coisas poderiam certamente ser empreendidas com sucesso, mas o entendimento reduzido com o mestre-escola me impediu de fazê-lo. Tentei, antes, ocultar dele a revista tanto quanto me era possível. Mas muito em breve ele a descobriu; já o reconheci através de uma observação contida na carta, na qual me anunciava sua visita nos feriados de Natal. Escrevia ele: "O mundo é mau e tornam as coisas fáceis para ele" — palavras com que queria exprimir que eu pertencia ao mundo mau, porém não me contentava com a maldade inerente a mim mesmo, mas, além disso, tornava-a mais fácil ainda ao mundo, isto é: estava empenhado em puxar para fora a maldade geral, ajudando-a na vitória. Bem, eu já havia tomado as decisões necessárias, podia esperá-lo calmamente e observar com tranquilidade como ele chegava. Ele até saudou com menos polidez do que habitualmente, sentou-se mudo diante de mim, retirou com cuidado a revista do bolso do casaco curiosamente forrado e a empurrou para mim já aberta.

— Conheço-a — eu disse e empurrei a revista de volta.

— Conhece-a — disse ele com um suspiro; tinha o velho hábito dos professores de repetir as respostas de estranhos. — Naturalmente não vou aceitar isso sem defesa.

Foi assim que prosseguiu; bateu com o dedo na revista, excitado, olhando para mim de maneira cortante, como se eu fosse de opinião contrária. Tinha com certeza um pressentimento do que eu queria declarar; já em ocasiões anteriores eu havia julgado notar, não tanto por suas palavras, mas por outros sinais, que ele possuía uma sensibilidade muito certeira em relação a minhas intenções, embora não cedesse a elas ou se deixasse desviar. O que então eu lhe disse, sou capaz de reproduzir quase literalmente, uma vez que anotei as palavras logo após a conversa.

— Faça o que quiser — eu disse. — A partir de hoje nossos caminhos se separam. Julgo que não considera isso nem inesperado nem incômodo. A nota desta revista não é a causa de minha decisão, apenas a reforçou de forma definitiva. A causa real reside no fato de que, no início, supus ser-lhe útil com minha intervenção, ao passo que agora posso ver que eu o prejudiquei em todos os sentidos. Por que as coisas tomaram esse rumo eu não sei, os motivos para o êxito e o fracasso são sempre múltiplos; não procure apenas aquelas interpretações que falam em meu desfavor. Pense também em si mesmo; tinha as melhores intenções e no entanto sofreu um revés — quando se abarca o conjunto com o olhar. Não digo isso por brincadeira, é algo que vai contra mim mesmo se afirmo que a ligação comigo conta, infelizmente, entre os seus fracassos. Que agora eu me retire do caso não é covardia nem traição. Acontece até mesmo com certa autossuperação: a consideração que lhe dedico já se evidencia no meu escrito. Em certo sentido, foi para mim um professor — e até a toupeira quase se tornou objeto da minha afeição. Apesar disso me ponho de lado, é o descobridor e, seja de que modo for que eu me situe, impeço sempre que a fama possível o alcance, ao passo que atraio o malogro e o transmito à sua pessoa. Pelo menos é essa sua opinião. Mas chega disso. A única expiação que posso assumir é pedir perdão e, se o exige, a confissão que lhe fiz aqui, eu a repito publicamente, por exemplo nessa revista.

Foram essas na época minhas palavras; não eram totalmente sinceras, mas era fácil extrair delas a sinceridade. O efeito nele foi mais ou menos o que eu havia esperado. A maioria das pessoas de idade tem, diante das mais jovens, algo enganoso, falaz, no seu ser; continua-se vivendo tranquilamente ao lado delas, acreditando que a relação está assegurada: conhecem-se as opiniões dominantes, recebem-se continuamente confirmações de paz, toma-se tudo por natural e de repente, quando ocorre alguma coisa decisiva e deve reinar a calma preparada por tanto tempo, essas pessoas de idade se erguem como estranhos, têm opiniões mais profundas, mais fortes, desfraldam literalmente, então, sua bandeira e nela se lê com susto o novo lema. Esse espanto acontece sobretudo porque aquilo que os idosos agora dizem realmente é muito mais justificado, tem mais sentido e, como se existisse uma intensificação do evidente, mais evidente ainda. O insuperavelmente falaz é que aquilo que dizem agora, no fundo sempre o fizeram e que, no geral, jamais podia ser previsto. Devo ter-me aprofundado muito neste mestre-escola da aldeia para que ele, nesse momento, não me surpreendesse de todo.

— Filho — disse ele, colocando a mão sobre a minha e esfregando-a amigavelmente —, como é que chegou à ideia de enveredar por esse assunto? Logo que ouvi falar disso pela primeira vez, conversei com minha mulher sobre a questão.

Afastou-se da mesa, abriu os braços e olhou para o chão como se a esposa estivesse lá embaixo, minúscula, e ele falasse com ela:

— Durante tantos anos — disse-lhe — lutamos sozinhos, agora porém aparece na cidade, para interceder por nós, um poderoso mecenas de nome tal e tal. Devíamos nos alegrar muito agora, não é? Um comerciante da cidade não significa pouca coisa; quando um camponês esfarrapado acredita em nós e o expressa, isso não pode nos ajudar em nada, pois o que um camponês faz é sempre indecoroso, mesmo que diga: o velho mestre-escola tem razão; ou por acaso cospe algo inadequado: ambas as coisas têm um efeito igual. E se em vez de um camponês se levantam dez mil, o efeito é, se possível, pior ainda. Um comerciante da cidade é, pelo contrário, outra coisa: um homem desses tem relações, mesmo aquilo que diz de passagem se propaga em círculos mais amplos, novos protetores assumem o caso, um deles afirma, por exemplo: até de mestres-escolas é possível tirar ensinamentos, e no dia seguinte um grande número de pessoas já o sussurra, pessoas de cujo aspecto exterior nunca alguém esperaria concluir isso. Surgem então recursos financeiros para o caso, um faz a coleta e os outros põem-lhe o dinheiro na mão; a opinião é de que o mestre-escola deve ser transportado da aldeia; as pessoas vêm, não se preocupam com seu aspecto exterior, levam-no para o meio em que vivem e, uma vez que a mulher e os filhos dependem dele, levam-nos também. Já observou as pessoas da cidade? É um gorjeio incessante. Se uma fileira delas está reunida, o gorjeio vai da direita para a esquerda e de volta, para cima e para baixo. E desse modo, gorjeando, erguem-nos para os carros, quase não se tem tempo para acenar a todos com a cabeça. O homem da boleia ajeita as lunetas, brande o chicote e partimos. Todos se despedem da aldeia com as mãos como se ainda estivéssemos lá, e não sentados no meio deles. Da cidade vêm ao nosso encontro carros com alguns particularmente impacientes. Quando nós nos aproximamos eles se levantam dos assentos, esticando-se para nos ver. O que havia coletado o dinheiro põe tudo em ordem e nos exorta à tranquilidade. Já é uma grande fila de carros quando entramos na cidade. Acreditávamos que a saudação de boas-vindas já tivesse terminado, mas só agora ela começa diante da hospedaria. É que na cidade se reúnem logo muitas pessoas a um chamado. Por aquilo que um se interessa, o outro também se interessa em seguida. Com o fôlego extraem uns aos outros as opiniões e se apropriam delas. Nem toda essa gente pode ir de carro e esperar diante da hospedaria. Na verdade há outros que poderiam fazê--lo, mas se recusam por orgulho. Também estes ficam esperando. É inacreditável como aquele que coletou o dinheiro supervisiona tudo.

Escutei-o tranquilamente, já durante o seu relato fui me tranquilizando cada vez mais. Havia empilhado sobre a mesa todos os exemplares do meu escrito que ainda possuía. Faltavam apenas uns poucos, pois ultimamente tinha solicitado, por meio de uma circular, todos os exemplares remetidos e recebido de volta a maioria deles. No mais, de muitos lugares me escreveram cortesmente que não se lembravam, em absoluto, de haver recebido um escrito como esse e se por casualidade ele houvesse chegado devia, lamentavelmente, ter-se extraviado. Também isso me bastava, no fundo eu não queria outra coisa. Só um me pediu permissão para conservar o escrito como curiosidade, comprometendo-se, nos termos da minha circular, não mostrá--lo a ninguém nos próximos vinte anos. O mestre-escola ainda não vira essa circular; alegrei-me com o fato de que suas palavras me facilitavam tanto mostrá-la. Mas podia, de resto, também fazê-lo sem preocupação, porque procedera com muito cuidado na redação e não tinha jamais deixado de levar em conta o interesse do mestre-escola da aldeia e seu caso. As frases principais da circular tinham o seguinte teor: "Não solicito a devolução do escrito porque tenha, acaso, me desviado das opiniões nele apresentadas, ou talvez porque, em partes isoladas, as considerasse errôneas, ou então apenas indemonstráveis. Meu pedido se fundamenta unicamente em motivos pessoais, apesar de terem muito peso; a circular não afeta, contudo, o mínimo que seja, minha atitude a respeito do assunto; rogo que essa circunstância seja levada em especial consideração e, se lhe apraz, que também a divulgue". No momento eu ainda conservava a circular coberta com as mãos. Disse:

— Pensa em me recriminar porque as coisas não saíram assim? Por que deseja fazer isso? Não amarguemos a separação. E tente reconhecer, finalmente, que fez uma descoberta, mas que ela não está acima de todas as outras coisas e que, em consequência disso, também a injustiça que lhe fizeram não é uma injustiça que exceda tudo o mais. Não conheço as normas das sociedades científicas, mas não acredito que, mesmo no melhor dos casos, lhe tivesse sido preparada uma recepção que sequer se aproximasse daquelas que talvez houvesse descrito à sua pobre mulher. Quando ainda tinha esperança de que o escrito surtisse algum efeito, supunha que talvez um professor de universidade pudesse prestar atenção no seu caso, que encarregaria qualquer jovem estudante do assunto, que esse estudante viajasse para visitá-lo e lá examinaria mais uma vez minhas pesquisas à sua maneira; que finalmente, quando o resultado lhe parecesse digno de menção — aqui é preciso insistir que todos os estudantes jovens estão cheios de dúvidas —, que ele publicaria depois um escrito próprio, no qual estaria fundamentado cientificamente o que escreveu. Entretanto, mesmo que essa esperança tivesse se realizado, certamente não teria sido alcançada muita coisa. O escrito do estudante, que teria feito a defesa de um caso tão singular, poderia talvez se tornar alvo de ridículo. Aqui, no exemplo da revista agrícola, vê como é fácil que algo assim possa acontecer, e revistas científicas são, nesse sentido, mais desconsideradas. É compreensível também: os professores universitários têm uma responsabilidade muito grande diante de si mesmos, da ciência, da posteridade, não podem acolher de braços abertos, imediatamente, cada nova descoberta. Diante deles estamos em vantagem a esse respeito. Mas quero deixar isso de lado e supor, agora, que o escrito do estudante houvesse se imposto. O que teria acontecido, então? Seu nome teria sido sem dúvida mencionado algumas vezes com as devidas honras; teria também, provavelmente, beneficiado sua posição; teriam dito: "Nossos mestres-escolas de aldeia mantêm os olhos abertos", e esta revista aqui, se é que as revistas possuem memória e consciência, precisaria pedir-lhe publicamente desculpas; talvez aparecesse também, então, um professor bem-intencionado para arranjar-lhe uma bolsa de estudos; é realmente possível que houvessem tentado levá-lo à cidade para conseguir-lhe um lugar numa escola primária municipal, dando-lhe assim oportunidade de utilizar os recursos científicos que a cidade oferece para o incremento de sua formação. Mas se devo falar com franqueza, é preciso então dizer que isso teria sido apenas tentado. Seria chamado para cá; teria vindo na verdade como requerente comum — há centenas deles — sem qualquer recepção festiva; teriam reconhecido seu esforço honesto, mas também visto, ao mesmo tempo, que é um homem idoso, que nessa idade o início de um estudo científico não conta com perspectivas e que chegou à sua descoberta sobretudo por acaso, mais do que por planejamento; que, fora este caso isolado, nem mesmo cogita em continuar trabalhando. Por essas razões, portanto, o teriam certamente deixado na aldeia. Sua descoberta, de qualquer modo, seria prosseguida, pois não é tão insignificante assim; uma vez alcançado o reconhecimento, jamais poderia ser esquecida. Mas não teria mais recebido muitas notícias a respeito dela, e as que houvesse recebido mal teria entendido. Toda descoberta é logo remetida ao conjunto das ciências e com isso deixa, até certo ponto, de ser descoberta: dissolve-se no todo e desaparece, é preciso ter um olho cientificamente escolado para depois reconhecê-la. Ela será em breve vinculada a teses de cuja existência nós não ouvimos em absoluto falar e na discussão científica será arrebatada até as nuvens junto com elas. Como iremos compreender essas coisas? Quando escutamos uma discussão de sábios assim, acreditamos, por exemplo, que se trata da descoberta, mas por trás disso se trata de coisas muito diferentes; na vez seguinte, julgamos que é outra coisa, e não da descoberta, embora agora se trate exatamente dela.

Compreende isso? Permaneceria na aldeia, poderia alimentar e vestir um pouco melhor sua família com o dinheiro recebido, mas sua descoberta teria sido subtraída, sem que tivesse podido se defender com qualquer justificação, pois só na cidade é que ela atingiu sua real legitimidade. E talvez não tenham sido de modo algum ingratos a seu respeito; quem sabe haveriam de mandar construir um pequeno museu no lugar da descoberta; teria sido uma atração da aldeia, lhe confiariam o posto de depositário das chaves e, para que não deixassem faltar insígnias de honra, teriam lhe conferido uma pequena medalha para trazer no peito, como costumam fazer os servidores de institutos científicos. Haveria possibilidade de tudo isso; mas era isso o que queria?

Sem parar para responder, replicou decidido.

— Era isso então o que procurava conseguir para mim?

— Talvez — eu disse. — Naquela época eu não agi tanto por reflexão a ponto de poder responder, como agora, com precisão. Queria ajudá-lo, mas não deu certo; é inclusive a coisa mais malsucedida que jamais empreendi. Por isso quero, neste momento, retirar-me e, na medida das minhas forças, desfazer o que foi feito.

— Muito bem — disse o mestre-escola, tirou o cachimbo e começou a enchê-lo com o tabaco que levava solto em todos os bolsos. — Ocupou-se voluntariamente deste caso ingrato e agora se retira também voluntariamente. Está tudo em perfeita ordem.

— Não sou obstinado — eu disse. — Acha na minha proposta algo a ser discutido?

— Não, absolutamente nada — disse o mestre-escola, e do seu cachimbo já saía fumaça.

Eu não suportava o cheiro do tabaco e por isso fiquei em pé, andando de lá para cá no aposento. Por entrevistas anteriores já estava acostumado com o fato de que, diante de mim, o mestre-escola ficava muito calado e no entanto, depois de haver chegado, não queria ir embora. Isso já me causara estranheza muitas vezes: ele quer algo mais de mim, era o que eu sempre pensava nessas ocasiões, e oferecia-lhe dinheiro, que ele aceitava regularmente. Mas só ia embora quando lhe dava vontade. Habitualmente já havia terminado de fumar o cachimbo: dava umas voltas em torno da poltrona, que empurrava ordeira e respeitosamente até a mesa, pegava seu bastão cheio de nós num canto, apertava-me a mão calorosamente e saía. Hoje porém seu hábito de ficar ali sentado em silêncio tornou-se literalmente aborrecido. Quando alguém apresenta ao interlocutor a despedida definitiva, como eu fiz, e o gesto é considerado pelo outro como algo absolutamente correto, então a pessoa leva o pouco que ainda resta em comum para o fim o mais rápido possível e não sobrecarrega o parceiro inutilmente com sua muda presença. Quando se via pelas costas o velho pequeno e pertinaz, da maneira como ele ficava sentado junto à minha escrivaninha, era possível crer que não seria de modo algum possível pô-lo para fora do aposento.

BLUMFELD, UM SOLTEIRÃO DE MEIA-IDADE

Blumfeld, um solteirão já meio idoso, subia uma noite ao seu apartamento, o que era uma tarefa cansativa, pois morava no sexto andar. Enquanto subia, ia pensando — como fazia com frequência nos últimos tempos — que aquela vida totalmente solitária era bastante penosa, que agora tinha de subir os seis andares em absoluto segredo para chegar, lá em cima, aos seus aposentos vazios; uma vez ali, outra vez em completo silêncio, vestir o roupão, acender o cachimbo, ler um pouco a revista francesa que, fazia anos, tinha assinado, bebericar enquanto isso a aguardente de cereja preparada por ele mesmo e finalmente, meia hora depois, ir para a cama, não sem antes precisar arranjar de novo, de cabo a rabo, a roupa de cama que sua empregada, refratária a toda instrução, dispunha de qualquer jeito, seguindo sempre o seu humor. Qualquer acompanhante, qualquer espectador dessas atividades teria sido muito bem-vindo a Blumfeld. Já havia pensado se não devia adquirir um cachorrinho. Um animal como esse é engraçado e principalmente grato e fiel; um colega de Blumfeld tinha um cachorro assim; ele não se dá com ninguém a não ser com o dono e, se passa alguns instantes sem vê-lo, recebe-o logo com grandes latidos, com os quais evidentemente quer expressar sua alegria por ter encontrado o dono, esse benfeitor extraordinário. É certo, no entanto, que um cão também oferece desvantagens. Por mais que seja mantido limpo, vai sempre sujar a casa. É uma coisa que não se pode evitar; não é possível, toda vez que vai entrar no quarto, lavá-lo com água quente, e sua saúde tampouco aguentaria isso. Mas Blumfeld, por seu turno, não suporta sujeira no quarto; a limpeza da casa é algo imprescindível para ele; várias vezes por semana discute com sua empregada, que neste ponto, infelizmente, não é muito escrupulosa. Como é meio surda, ele habitualmente a arrasta pelo braço aos lugares onde há algo a objetar quanto à limpeza. Por conta dessa severidade ele conseguiu que a ordem na peça corresponda mais ou menos aos seus desejos. Com a introdução de um cachorro, porém, ele iria levar sujeira por conta própria justamente ao cômodo até então cuidadosamente protegido. Pulgas, as eternas companheiras dos cães, também compareceriam. Mas, uma vez instaladas ali, não estaria distante o momento em que Blumfeld deixaria o quarto confortável ao cachorro e procuraria outro. A sujeira, no entanto, era apenas *uma* desvantagem dos cães. Eles ficam doentes e de enfermidades de cães na verdade ninguém entende. O animal fica agachado num canto, coxeando de lá para cá, gane, tem uma tossinha, sufoca por causa de alguma dor; envolvem-no numa coberta, assobiam-lhe qualquer coisa, empurram-lhe leite — em suma: tratam-no com a esperança de que seja, o que também é possível, um mal passageiro; mas em vez disso pode ser uma doença séria, repulsiva e contagiosa. E, mesmo que o cachorro permaneça sadio, chega o dia em que ele sem dúvida envelhece e a pessoa deve tomar a decisão de se desfazer dele em tempo, e vem a ocasião em que a própria idade dela a olha através dos olhos lacrimejantes do cão. É preciso, aí, atormentar-se com o animal meio cego, fraco dos pulmões, quase imóvel em virtude da gordura e com isso pagar caro as alegrias que o cachorro deu antes. Por mais que Blumfeld gostasse agora de possuir um cão, prefere sem dúvida subir mais trinta anos a escada a suportar mais tarde um cão velho desses, que, gemendo mais alto do que ele, se arrasta ao seu lado de degrau em degrau.

De modo que Blumfeld permanecerá só; não alimenta os apetites de uma velha solteirona que deseja ter perto de si um ser vivo subalterno qualquer, ao qual deve proteger, com o qual pode ser carinhosa e atender continuadamente, de tal maneira que, para alcançar essa finalidade, bastam um gato, um canário ou até peixinhos dourados. E, se isso não for possível, contenta-se inclusive com flores na janela. Blumfeld, pelo contrário, só quer um acompanhante, um animal com quem não tenha necessidade de se preocupar bastante, a quem não prejudique um pisão ocasional, que em caso de força maior possa também pernoitar na rua, mas que, caso Blumfeld o exija, esteja à disposição, de imediato, com latidos, saltos, lambidas na mão. É a alguma coisa assim que Blumfeld aspira, mas que, como ele próprio percebe, não pode conseguir senão com desvantagens muito grandes, por isso renuncia a ela; entretanto, de tempos em tempos, como nesta noite, segundo a base de sua natureza e temperamento, volta aos mesmos pensamentos.

Quando está lá em cima, diante da porta de entrada, tira a chave do bolso; percebe um ruído que vem de dentro: é um rumor especial, de guizos, muito vivaz, muito regular. Como Blumfeld tinha acabado de pensar em cães, o barulho lembra-lhe o que produzem as patas dos animais, quando batem alternadamente no chão. Mas não há patas que imitem o chacoalhar de guizos: não se trata de patas. Abre às pressas a porta e acende a luz elétrica. Porém não estava preparado para aquela visão. É uma bruxaria — duas pequenas bolas de celuloide, brancas, com estrias azuis, saltam sobre o assoalho, uma ao lado da outra e de cá para lá; quando uma bate no solo, a outra está no alto e assim, incansáveis, executam o seu jogo. Certa vez, no curso secundário, Blumfeld viu, durante uma conhecida experiência elétrica, bolinhas saltarem de forma semelhante, mas, em comparação com aquelas, estas são esferas relativamente grandes; elas saltam no aposento livre e ninguém está realizando um experimento elétrico. Blumfeld agacha-se para observá-las melhor. São sem dúvida bolas comuns, provavelmente contêm em seu interior outras menores e são estas que produzem o barulho de guizos. Blumfeld passa a mão no ar para verificar se elas não pendem, por acaso, de fios; não, elas se movem com completa autonomia. Pena que Blumfeld não seja um menino, duas bolas assim teriam sido uma alegre surpresa para ele, ao passo que agora tudo aquilo lhe causa uma impressão acima de tudo desagradável. Certamente não é totalmente sem valor viver como um solteirão ignorado, mas em segredo; agora alguém, não importa quem seja, ventilou esse segredo e introduziu em sua vida essas duas ridículas bolas.

Blumfeld quer agarrar uma delas, mas as duas se desviam, recuando, e o atraem a persegui-las pelo aposento. "É estupidez demais" — pensa ele — "correr atrás das bolas desse jeito"; fica parado e segue-as com o olhar, enquanto elas, uma vez que a perseguição parece ter cessado, também permanecem no mesmo lugar. "Mas eu tenho, apesar de tudo, de tentar pegá-las" — volta ele a pensar e corre em direção a elas.

Imediatamente as bolas fogem; Blumfeld, no entanto, com as pernas abertas, as impele para um canto da peça e, diante da mala que ali se encontra, consegue agarrar uma bola. Ela é fria e pequena e gira em sua mão, evidentemente ansiosa para escapulir. A outra bola, como se visse a aflição de sua companheira, salta mais alto que antes e alarga os saltos até roçar a mão de Blumfeld; desfere um golpe contra ela; bate com saltos cada vez mais rápidos, muda os pontos de ataque; depois, uma vez que não consegue nada contra a mão que encerra a outra bola por completo, pula mais alto ainda, querendo provavelmente atingir o rosto de Blumfeld, que poderia também agarrá-la e prender as duas em algum lugar; mas no momento parece-lhe aviltante tomar medidas como essa contra duas pequenas bolas. Pois afinal é divertido possuir duas bolas como aquelas; elas também vão logo ficar cansadas, rolar para baixo de um móvel e dar sossego. A despeito dessa reflexão, porém, Blumfeld lança com uma espécie de raiva a bola de encontro ao solo: é um milagre que nesse ato a cobertura quase transparente de celuloide não quebre. Sem transição, as duas esferas recomeçam seus saltos anteriores, baixos, sincronizados por oposição. Blumfeld se despe calmamente, arruma as roupas no armário; costuma verificar sempre se a empregada deixou tudo em ordem. Uma ou duas vezes olha por cima do ombro para as bolas, que agora, livres da perseguição, parece até que o perseguem; avizinharam-se e saltam bem atrás dele. Blumfeld coloca o roupão e faz menção de ir até a parede do lado oposto para apanhar um dos cachimbos que estão pendurados ali num suporte. Involuntariamente, antes de se voltar, dá uma passada para trás com um dos pés, mas as bolas conseguem se desviar e não são atingidas. Quando então vai buscar o cachimbo, as bolas logo o acompanham; ele arrasta as chinelas, realiza passos irregulares, mas cada passo, quase sem pausa, é seguido por um golpe das bolas, que acertam a marcha com ele. Blumfeld vira-se inesperadamente para ver como elas se comportam. Mas mal havia se virado as bolas descrevem um semicírculo e já estão de novo atrás dele; isso se repete todas as vezes que ele se volta. Como se fossem acompanhantes subalternos, procuram não se deter diante de Blumfeld. Até esse momento, ao que parece, ousaram somente apresentar-se, mas agora já entraram em serviço.

Até o presente Blumfeld, em todos os lances excepcionais, nos quais suas forças não foram suficientes para dominar a situação, escolheu o expediente de agir como se não notasse nada. Muitas vezes isso ajudou e na maioria dos casos pelo menos melhorou a situação. Agora também procede assim: para diante da grade de cachimbos, escolhe um levantando os lábios, carrega-o meticulosamente, tirando o tabaco da bolsa, preparado para a ocasião e, ignorando as bolas, deixa-as saltar, despreocupado, atrás de si. Só hesita para ir até a mesa, pois ouvir os pulos coordenados e os próprios passos quase lhe causa dor. Por isso estaca, carregando o cachimbo por um tempo desnecessariamente longo e calcula a distância que o separa da mesa. Finalmente, porém, vence a própria fraqueza e percorre o trecho batendo os pés de tal forma que não escuta absolutamente as bolas. Seja como for, uma vez sentado, elas continuam a saltar atrás de sua cadeira de modo tão perceptível quanto antes.

Sobre a mesa, ao alcance da mão, na parede, está fixada uma prateleira, na qual se encontra, rodeada por copos pequenos, a aguardente de cereja. Ao lado dela fica uma pilha de exemplares da revista francesa. Justamente hoje chegou um número novo e Blumfeld o apanha. Esquece completamente a bebida, tem a sensação de que hoje se apega às suas ocupações habituais só por consolo, não tem também nenhuma necessidade real de ler. Contra seu costume, em outras ocasiões, de voltar atentamente página por página, abre a revista num lugar qualquer e dá ali com uma grande imagem. Força-se a olhá-la mais de perto. Ela mostra o encontro entre o czar da Rússia e o presidente da França. O encontro é a bordo de um navio. Em torno, até se perder na distância, há vários outros navios, a fumaça das chaminés se desfaz no céu claro. Ambos, o czar e o presidente, acabam de ir um na direção do outro em passadas largas e agora apertam-se as mãos. Tanto atrás do czar como do presidente estão presentes dois senhores. Comparados com os rostos alegres do czar e do presidente, os rostos dos acompanhantes estão muito sérios; os olhares de cada um dos grupos se reúnem dirigidos aos seus superiores. Muito mais embaixo — a cena se passa evidentemente no convés mais alto do navio — aparecem longas filas de marinheiros, cortadas pelas margens da imagem, batendo continência. Blumfeld observa com interesse crescente a cena, a mantém depois um pouco distante e fita a imagem pestanejando. Sempre teve gosto por esses atos imponentes. Considera muito verídico que os personagens principais apertem as mãos com tanta desenvoltura, cordiais e despreocupados. E é igualmente correto que os acompanhantes — aliás, como é natural, senhores de uma posição muito elevada, cujos nomes estão assinalados embaixo — mantenham, com sua atitude, a gravidade do momento histórico. E, em vez de baixar tudo o que lhe faz falta, Blumfeld fica sentado quieto e dirige o olhar para o cachimbo, que continua sem acender. Está na espreita: de repente, de modo completamente inesperado, sua imobilidade cede e ele se volta, num solavanco, com a cadeira. Mas as bolas estão vigilantes de forma correspondente ou seguem, sem pensar, a lei que as domina e, ao mesmo tempo que Blumfeld gira na cadeira, elas também mudam de lugar e se escondem atrás dele. Agora Blumfeld está sentado de costas para a mesa, o cachimbo frio na mão. As bolas saltam sob a mesa e como ali há um tapete só podem ser pouco ouvidas. É uma grande vantagem; produzem-se apenas ruídos muito fracos e abafados, é preciso prestar muita atenção para ainda percebê-los com o ouvido. Blumfeld no entanto mantém-se bem alerta e as ouve perfeitamente. Mas apenas agora é assim, num instante é provável que não serão mais de maneira alguma escutadas. Para Blumfeld parece um grande sinal de fraqueza das bolas só poderem ser percebidas tão pouco sobre tapetes. Basta colocar um deles por baixo, talvez dois, para torná-las quase impotentes. Seja como for, é por um período determinado de tempo; além do mais, sua existência já significa um certo poder.

Agora Blumfeld bem que poderia fazer uso de um cachorro — um animal jovem, selvagem, acabaria logo com as bolas; imagina-o correndo atrás das duas para caçá-las com as patas; como as expulsa dos seus postos, como as persegue de um extremo a outro do aposento e finalmente as prende entre os dentes. É bem provável que dentro em breve arranje um cachorro.

Mas no momento as bolas têm de temer apenas Blumfeld, e agora ele não está com vontade de destruí--las, talvez para isso lhe falte poder de decisão. Chega cansado, à noite, do trabalho, e justo nessa hora, quando necessita de repouso, fazem-lhe essa surpresa. Só agora sente como está realmente cansado. Sem dúvida irá destruir as bolas, na verdade o mais breve possível, mas não nesse instante, provavelmente só no dia seguinte. Quando se considera a questão imparcialmente, aliás, as bolas se comportam com bastante modéstia. Poderiam, por exemplo, saltar para a frente de tempos em tempos, mostrar-se e regressar ao seu lugar; ou poderiam pular mais alto, para bater na tábua da mesa e desse modo se ressarcir do amortecimento do tapete. Mas não o fazem, não querem irritar Blumfeld sem necessidade, limitam-se evidentemente ao que é estritamente preciso. É verdade que essa exigência basta para amargurar a permanência de Blumfeld à mesa. Só fica alguns minutos lá e já pensa em ir dormir. Um dos motivos para isso é que ali não pode fumar, pois deixou os fósforos em cima do criado-mudo. Teria, portanto, de ir buscá-los, mas, uma vez que está perto do criado, é com certeza melhor ficar por lá e deitar-se. Atrás disso existe uma segunda intenção: acredita, na verdade, que as bolas, no seu afã cego de ficarem sempre atrás dele, vão saltar sobre a cama e, uma vez ali, quando ele se deitar, irá esmagá-las, querendo ou não. Rejeita a objeção de que os restos das bolas também seriam capazes de ficar saltando. Até o inusitado precisa ter limites. Bolas inteiras saltam também em outras ocasiões, embora não ininterruptamente; pedaços delas, ao contrário, nunca saltam, e neste caso também não irão dar pulos.

— Para cima! — brada, tornando-se quase imprudente com essa reflexão; dirige-se para a cama em passos pesados com as duas esferas outra vez atrás dele. Suas esperanças parecem confirmar-se: quando se põe deliberadamente bem perto da cama, imediatamente uma das bolas salta sobre o leito. Pela via contrária, porém, entra em ação o inesperado — a outra bola se coloca debaixo da cama. Blumfeld não havia absolutamente pensado na possibilidade de que as bolas pudessem também saltar para baixo da cama. Está indignado com a bola embora sinta como isso é injusto, uma vez que, com esse salto, a bola talvez realize ainda melhor sua tarefa do que a bola em cima do leito. Tudo então depende do lugar pelo qual as bolas se decidam, pois Blumfeld não crê que elas possam trabalhar separadas por muito tempo. Com efeito, no instante seguinte a bola de baixo também pula para cima da cama. "Agora elas são minhas", pensa Blumfeld, ardente de alegria, e arranca o roupão do corpo para se lançar sobre o leito. Mas justamente nesse momento a mesma esfera volta a saltar para baixo da cama. Sobremaneira decepcionado, Blumfeld literalmente desmorona. É provável que a bola tenha apenas dado uma olhada em cima e não gostado do que viu. Aí a outra a segue e naturalmente permanece na posição de baixo, pois ali é melhor. "Agora vou ter esses dois batedores de tambor a noite inteira aqui", pensa Blumfeld, morde os lábios e balança a cabeça.

Está triste, sem saber propriamente como as bolas poderão prejudicar-lhe a noite. Seu sono é excelente, irá superar com facilidade o pequeno rumor. Para ficar totalmente seguro disso, empurra por baixo delas dois tapetes — segundo a experiência feita. É como se tivesse um pequeno cachorro para o qual preparasse uma caminha macia. Porque as bolas talvez estejam cansadas e com sono, seus saltos são mais baixos e vagarosos do que antes. Quando Blumfeld se ajoelha diante da cama e ilumina a parte de baixo com o abajur do criado-mudo, julga por vezes que as bolas vão permanecer para sempre sobre os tapetes, por caírem tão debilmente, rolarem tão devagar mais um curto trecho. Claro que depois se erguem de novo de acordo com o seu dever. Mas é bem possível que quando Blumfeld olhar de manhã debaixo da cama irá encontrar duas silenciosas e inofensivas bolas de criança.

Mas parece que não conseguem aguentar os saltos nem mesmo até a manhã seguinte, pois quando Blumfeld já está deitado não as escuta mais de maneira alguma. Empenha-se em ouvir uma coisa ou outra, espia inclinando-se para fora da cama — nenhum som. Tanto assim não podem influir os tapetes; a única explicação é que as bolas não pulam mais: ou não são capazes de se destacar o suficiente dos tapetes macios e por isso renunciaram temporariamente a dar saltos, ou então — o que é mais provável — nunca mais vão saltar. Blumfeld poderia levantar-se e ir ver o que de fato acontece, mas, na sua satisfação com o fato de finalmente reinar silêncio, prefere ficar deitado; não quer nem roçar com os olhos as bolas que se apaziguaram. Desiste com prazer até de fumar, vira-se de lado e adormece logo.

Porém não permanece tranquilo; como de costume, também desta vez tem um sono sem sonhos, mas muito intranquilo. Inúmeras vezes, durante a noite, se sobressalta com a ilusão de que alguém bate à porta. Sabe sem dúvida que ninguém bate, pois quem iria à noite bater à porta — justamente na sua, a de um solteirão solitário? Mas, por mais que tenha consciência disso, acorda assustado sem cessar e por um momento olha tenso para a porta, a boca aberta, os olhos arregalados e os tufos de cabelo sacudindo sobre a fronte úmida. Tenta contar quantas vezes é despertado, mas, aturdido com as cifras monstruosas que resultam desse cômputo, cai outra vez no sono. Supõe saber de onde vêm as batidas, não são da porta, mas de outra parte qualquer; porém, na atrapalhação do sono, não consegue se lembrar em que se baseiam suas suposições. Sabe somente que muitas batidas, pequenas e repulsivas, se juntam, antes da batida grande e poderosa. Suportaria toda a repugnância dos pequenos golpes se pudesse evitar essa batida, mas por algum motivo é tarde demais, neste caso não pode intervir, é uma parada perdida, não tem nem mesmo palavras, a boca só se abre para um bocejo mudo; furioso com isso afunda o rosto nos travesseiros. E assim passa a noite.

De manhã é despertado pelas batidas da empregada na porta de entrada; com um suspiro de alívio acolhe os golpes suaves, de cuja imperceptibilidade ele sempre se queixou; quando quer bradar "entre!", ouve outra pancada, vivaz apesar de fraca, mas literalmente belicosa. São as bolas debaixo da cama. Elas acordaram: será que ao contrário dele reuniram novas forças durante a noite?

— Vou indo! — grita Blumfeld para a empregada.

Salta da cama, mas, de um modo tão cauteloso a ponto de manter as bolas atrás dele, lança-se ao chão com as costas sempre voltadas para as duas e, a cabeça virada, olha em sua direção — por pouco não lhe escapa uma blasfêmia. Como crianças que durante a noite se livram das cobertas importunas, as bolas — provavelmente mediante sacudidelas que devem ter durado a noite toda — empurraram os tapetes para tão longe, sob a cama, que conquistaram outra vez o assoalho livre debaixo delas e agora podem fazer ruídos.

— Voltem para os tapetes! — diz Blumfeld de cara feia e, só quando as esferas, graças aos tapetes, voltaram a ficar quietas, exclama para a empregada entrar. Enquanto esta — uma mulher gorda, obtusa, que anda sempre rigidamente ereta — coloca o café da manhã sobre a mesa e faz algumas arrumações necessárias, Blumfeld permanece em pé, imóvel, de roupão, junto à cama, para reter as bolas sob o móvel. Segue a empregada com o olhar, para verificar se ela nota alguma coisa. Dada sua dificuldade de audição isso é muito improvável, e Blumfeld atribui à sua superirritação — causada pelo mau sono da noite — quando acredita ver que a empregada permanece parada ora aqui, ora ali, segura-se em algum móvel e fica à escuta com os sobrolhos levantados. Estaria feliz se ela conseguisse apressar um pouco seu trabalho, mas a empregada anda quase mais lerda do que habitualmente. É meticulosa quando carrega as roupas e as botas de Blumfeld e passa com elas para o corredor; fica fora um longo tempo; monótonos e bem diferenciados soam os golpes com que lá trabalha as roupas e que chegam até ele aqui. Durante todo esse tempo Blumfeld tem de permanecer perto do leito, não pode se mover caso não queira arrastar as bolas atrás de si; é obrigado a deixar esfriar o café que gosta tanto de beber o mais quente possível e não pode fazer outra coisa senão fitar a cortina descida da janela, atrás da qual o dia vai escurecendo turvo. Finalmente a empregada terminou; deseja-lhe bom-dia e se dispõe a ir embora. Mas antes de se afastar definitivamente, detém-se junto à porta, mexe um pouco os lábios e dirige um longo olhar a Blumfeld. Este já está a ponto de perguntar-lhe alguma coisa, mas ela afinal se vai. Blumfeld tem uma forte vontade de escancarar a porta e gritar-lhe que mulher estúpida, velha e obtusa ela é. Mas, quando reflete sobre o que na verdade poderia objetar contra ela, só descobre o contrassenso de que ela com certeza não percebeu nada e quis dar aparência de que teria notado alguma coisa. Como seus pensamentos estão confusos! E tudo por causa de uma noite maldormida! Para o mau sono só encontra uma pequena explicação no fato de ontem à noite ter se desviado dos seus hábitos — não fumou nem bebeu aguardente. "Quando não fumo nem tomo aguardente, durmo mal" — é esse o resultado das suas reflexões.

De agora em diante vai prestar mais atenção no seu bem-estar e começa pegando algodão da farmacinha que pende sobre o criado-mudo e tampona os ouvidos com duas bolinhas feitas com ele. A seguir se levanta e, para fazer um teste, dá um passo. Na verdade as bolas o perseguem, mas ele mal as ouve; mais um acréscimo de algodão as torna totalmente inaudíveis. Blumfeld dá mais uns passos ainda e tudo caminha sem um inconveniente especial. Cada um vai por si, tanto ele quanto as bolas, na realidade ambos estão ligados entre si, mas não se importunam mutuamente. Só quando Blumfeld faz uma volta com maior rapidez e uma das bolas não pode descrever o contramovimento depressa o suficiente, é que ele bate com o joelho nela. É o único incidente, de resto Blumfeld bebe o café tranquilamente; tem fome como se durante a noite não tivesse dormido, mas andado um longo caminho; lava-se com água fria, incomumente refrescante, e se veste. Até aquele momento não levantou as cortinas, preferindo por cautela ficar na penumbra: não necessita de olhares estranhos para as esferas. Mas agora, quando está pronto para partir, precisa de algum modo tomar providências, caso as bolas tenham a ousadia de segui-lo até a rua, no que aliás não acredita. Ocorre-lhe uma boa ideia para isso: abre o grande armário de roupas e coloca-se de costas para ele. Como se as bolas tivessem o pressentimento dessa pretensão, refugiam--se no interior do móvel; cada lugarzinho que permanece livre entre Blumfeld e o roupeiro elas aproveitam; quando não há outro jeito, saltam por um instante dentro do armário, mas em seguida voltam a sair, fugindo da obscuridade; não é viável de maneira alguma fazê--las entrar no móvel por cima da borda do guarda-roupa, preferem antes transgredir seu dever e ambas se detêm quase ao lado de Blumfeld. Mas seus pequenos truques não as ajudam em nada, pois agora é o próprio Blumfeld que sobe de costas para dentro do móvel e de qualquer modo elas precisam acompanhá-lo. Mas com isso sua sorte está selada, uma vez que no chão do armário há diversos objetos pequenos, como botas, caixas, pequenas valises, todos eles certamente — é o que Blumfeld agora lamenta — muito bem organizados, mas que apesar disso significam um sério empecilho para as bolas. E quando então Blumfeld, que nesse meio-tempo quase fechou a porta do armário, com um grande salto, como há anos não o fazia, sai do guarda-roupa, fecha a porta e vira a chave, as bolas estão presas. "Então eu consegui", pensa ele e limpa o suor do rosto. Que barulho as bolas fazem dentro do guarda-roupa! A impressão é de que estavam desesperadas. Blumfeld, ao contrário, está muito satisfeito. Deixar o quarto e o corredor ermo produz um efeito benéfico sobre ele. Livra as orelhas do algodão, e os múltiplos ruídos do prédio que desperta o encantam. Veem-se poucas pessoas, ainda é muito cedo.

No corredor embaixo, diante da pequena porta que dá para o apartamento de subsolo da empregada, está o filho dela de dez anos. É o retrato da mãe, nenhuma feiúra da velha foi esquecida naquele rosto de criança. Pernas tortas, as mãos nos bolsos das calças, ele está parado ali e resfolega, porque já tem um bócio e só pode respirar com dificuldade. Habitualmente, quando Blumfeld dá com o menino no caminho, aperta o passo para se poupar o mais possível desse espetáculo; hoje porém quase sente vontade de ficar ao seu lado. Se o pequeno jovem foi posto no mundo por aquela mulher e carrega todos os sinais de sua origem, por enquanto não é mais que uma criança; naquela cabeça informe há pensamentos infantis; quando o interpelam com clareza e perguntam alguma coisa, irá responder provavelmente com uma voz clara, inocente e respeitosa e, superando-se um pouco, a pessoa poderá até acariciar-lhe as maçãs do rosto. Assim pensa Blumfeld, mas passa ao largo. Na rua nota que o tempo está melhor do que havia julgado quando se encontrava no quarto. As névoas da manhã se repartem e aparecem nesgas no céu azul varrido por um vento forte. Blumfeld deve às bolas o fato de ter saído muito mais cedo do quarto do que costuma fazer, até o jornal ele deixou sem ler, esquecendo-o em cima da mesa; de qualquer maneira ganhou muito tempo com isso e agora pode andar sem pressa. É digno de nota quão pouco as bolas o preocupam desde que ele se separou delas. Enquanto elas estavam atrás dele, era possível considerá-las como algo que lhe pertencia, como algo que de algum modo precisava ser levado em conta no julgamento da sua pessoa; agora, pelo contrário, eram somente um brinquedo no armário da casa. E nesse momento ocorre a Blumfeld que talvez a melhor forma de torná-las inócuas fosse obrigá-las a desempenhar sua verdadeira função. Lá no corredor permanece ainda o menino, Blumfeld vai dar-lhe as bolas, não eventualmente emprestá-las, mas literalmente dá-las de presente, o que sem dúvida equivale a uma ordem de destruição. E, mesmo que elas continuem sãs, irão significar nas mãos do menino muito menos do que no armário, o prédio inteiro verá como o menino brinca com elas, outras crianças vão se juntar a ele, a opinião geral, de que se trata aqui de bolas de brinquedo, e não por acaso de acompanhantes de vida de Blumfeld, será inabalável e irresistível. Blumfeld volta correndo para casa. Justo nesse momento o jovem desceu a escada do subsolo e lá embaixo está empenhado em abrir a porta. Blumfeld precisa, por causa disso, chamar o menino e pronunciar seu nome, que é ridículo como tudo o que está relacionado com ele.

— Alfred, Alfred! — grita.

O menino vacila por muito tempo.

— Venha aqui, venha! — brada Blumfeld. — Vou dar-lhe uma coisa.

As duas meninas do zelador saíram pela porta em frente e agora se colocam, curiosas, à direita e à esquerda de Blumfeld. Compreendem muito mais rapidamente do que o jovenzinho e não entendem por que ele não vem logo. Acenam para ele, enquanto não tiram os olhos de Blumfeld, mas não podem descobrir que presente aguarda Alfred. A curiosidade as atormenta e elas saltitam ora com um, ora com outro pé. Blumfeld ri tanto delas quanto do menino. Este parece afinal ter tomado consciência do que acontece e sobe teso e pesado a escada. Nem sequer no modo de andar é capaz de negar que é filho de sua mãe, que aliás aparece embaixo, na porta do subsolo. Blumfeld grita bem alto para que a empregada também o escute e, caso seja necessário, supervisione a execução de sua tarefa.

— Tenho lá em cima no meu quarto duas bonitas bolas — diz Blumfeld. — Quer ficar com elas?

O menino apenas torce a boca, não sabe como deve se comportar, volta-se e olha para a mãe lá embaixo como se a consultasse. As meninas porém começam imediatamente a pular em volta de Blumfeld, pedindo as bolas.

— Vocês também vão poder brincar com elas — diz-lhes Blumfeld, mas esperando a resposta do jovem.

Ele poderia dar logo as bolas de presente às meninas, mas elas lhe parecem irresponsáveis demais e agora ele confia mais no menino. Este, nesse meio-tempo, sem haver trocado uma palavra com ele, buscou conselho com a mãe e acena positivamente com a cabeça a uma nova pergunta de Blumfeld.

— Então preste atenção — diz Blumfeld, que percebe com prazer que aqui não vai receber agradecimento nenhum pelo presente. — Sua mãe está com a chave do meu apartamento, você tem de pedi-la emprestada, dou-lhe a chave do meu guarda-roupa e é nele que estão as bolas. Feche depois o armário e a casa cuidadosamente. Mas com as bolas você pode fazer o que quiser e não precisa trazê-las de volta. Entendeu?

Mas infelizmente o rapaz não entendeu. Blumfeld queria deixar tudo bastante claro a esse menino ilimitadamente duro de cabeça e exatamente por causa dessa intenção repetiu os itens com tanta frequência, alternadamente falou de chaves, apartamento e armário, que o menino, em consequência disso, fita-o não como seu benfeitor, mas como alguém que o tenta. As meninas, no entanto, compreenderam tudo rápido, apertam-se de encontro a Blumfeld, estendendo as mãos para pegar a chave.

— Esperem aí — diz Blumfeld, já irritado com todos. O tempo, além disso, está passando, e ele não pode mais se deter ali.

Se a empregada dissesse, finalmente, que o havia entendido e que se incumbirá de tudo pelo filho! Em vez disso continua ainda lá embaixo, junto à porta, sorri afetadamente como uma surda envergonhada e talvez acredite que Blumfeld, na parte de cima da escada, tenha caído num súbito entusiasmo por seu filho e o esteja fazendo repetir a tabuada. Blumfeld porém não pode descer a escada para o subsolo e gritar no ouvido da empregada que o menino faça o obséquio, pela misericórdia de Deus, de livrá-lo das bolas. Já teve muito a superar quando quis confiar a chave do seu armário por um dia todo a essa família. Não é para se poupar que passa a chave ao jovem, em vez de levá-la ele próprio até o andar de cima e lá entregar as bolas. Mas não pode primeiro subir lá em cima e dar as bolas de presente e — como é de se prever que aconteça — em seguida tirá-las do rapaz na medida em que as arrasta como séquito atrás de si.

— Você então ainda não me compreende? — pergunta Blumfeld quase melancólico depois de ter iniciado uma nova explicação, interrompendo-a porém logo a seguir diante do olhar vazio do menino. Um olhar vazio como aquele desarma a pessoa. Poderia levá-lo a dizer mais do que quer, só para preencher desse modo o vácuo com o entendimento.

— Vamos pegar as bolas para ele! — exclamam as meninas.

Elas são espertas, deram-se conta de que as bolas só podem ser alcançadas por algum tipo de mediação do jovem, mas que são elas próprias que têm de pôr em andamento essa mediação. Do quarto do zelador chega o som de uma hora e exorta Blumfeld à pressa.

— Fiquem então com as chaves! — diz ele, e a chave é mais arrancada de sua mão do que ele a entrega.

Teria sido infinitamente maior a segurança se ele desse a chave ao menino.

— Pegue lá embaixo, com a senhora, a chave do apartamento — diz ainda Blumfeld. — Quando voltarem com as bolas, vocês têm de dar a chave para ela.

— Sim, sim! — gritam as meninas e descem correndo a escada.

Sabem tudo, absolutamente tudo, e como se Blumfeld fosse contagiado pelo embotamento mental do menino, ele agora não entende, pessoalmente, como as meninas puderam captar tudo tão rapidamente. Agora as meninas já estão embaixo, puxando a saia da empregada, mas — por mais sedutor que isso seja — Blumfeld não pode observar por mais tempo o modo como elas se desincumbem de sua tarefa, na verdade não só porque é tarde demais, como também não quer estar presente quando as bolas reconquistarem a liberdade. Seu desejo é já estar a algumas ruas de distância quando as meninas abrirem lá em cima a porta do seu apartamento. Não tem a menor ideia do que ainda pode esperar das bolas. Assim é que, pela segunda vez nessa manhã, ele sai para o ar livre. Ainda vê como a empregada se defende afanosamente das jovenzinhas e como o menino põe em movimento as pernas tortas para ir em socorro da mãe. Blumfeld não compreende por que pessoas como a empregada crescem e se multiplicam no mundo.

No caminho para a fábrica de roupas de baixo em que Blumfeld está empregado os pensamentos acerca do trabalho aos poucos prevalecem sobre tudo o mais. Acelera o passo e, a despeito do atraso de que o menino é culpado, chega ao escritório em primeiro lugar. É um espaço cercado por vidros, contém uma escrivaninha para Blumfeld e duas carteiras de tampa reclinável para os aprendizes subordinados a Blumfeld. Do mesmo modo que as carteiras são tão pequenas e estreitas como se fossem destinadas a escolares, no escritório tudo é muito estreito, e os aprendizes não podem sentar-se porque caso contrário não haveria mais espaço algum para a poltrona de Blumfeld. Por isso ficam o dia inteiro premidos contra suas carteiras. Sem dúvida é muito desconfortável para eles, mas desse modo fica difícil para Blumfeld vigiá-los. Com frequência comprimem-se com fervor na carteira, não porventura para trabalhar, mas para cochichar entre si ou até para tirar uma soneca. Blumfeld se irrita muito com eles, que nem de longe o auxiliam o suficiente no gigantesco trabalho que lhe é imposto. A tarefa consiste em manejar todo o movimento de mercadorias e dinheiro com as trabalhadoras da casa, incumbidas pela fábrica da produção de certas peças mais finas. Para poder julgar a magnitude desse trabalho é preciso ter uma visão mais precisa do conjunto. Mas desde que morreu o superior imediato de Blumfeld, alguns anos antes, ninguém mais possui esta visão, por isso nem mesmo ele é capaz de conceder a quem quer que seja o direito de emitir um julgamento sobre seu trabalho. O industrial, senhor Ottomar, por exemplo, subestima ostensivamente o trabalho de Blumfeld; naturalmente ele reconhece os méritos que Blumfeld acumulou na fábrica no curso de vinte anos, não só porque tem de fazê-lo, mas também porque aprecia Blumfeld como pessoa fiel, digna de confiança; seja como for, subestima seu trabalho, acreditando, inclusive, que poderia ser organizado de modo mais simples e, nesse aspecto, mais vantajoso em todos os sentidos do que a maneira como Blumfeld o realiza. Dizem, e certamente não é algo destituído de verdade, que só por isso Ottomar aparece tão raramente na seção de Blumfeld —

para se poupar da irritação que lhe causa ver os métodos de trabalho de Blumfeld.

Com certeza é triste para Blumfeld não ser reconhecido dessa maneira, mas para isso não há remédio, pois não pode forçar Ottomar a permanecer, por exemplo, por um mês ininterrupto, na seção de Blumfeld, estudando as múltiplas formas dos trabalhos que ali devem ser executados, fazendo valer seus próprios métodos supostamente melhores, e deixar-se por fim convencer da razão que assistia a Blumfeld com a consequência, no caso inevitável, do colapso da seção. Por esse motivo Blumfeld prossegue firme como antes na sua tarefa, sobressalta-se um pouco quando Ottomar aparece depois de muito tempo; então, com o sentido de dever do subordinado, empreende uma débil tentativa de explicar a Ottomar esta ou aquela forma de organizar o trabalho, com a qual este assente mudo, de olhos baixos, e segue em frente; no mais, sofre menos com a falta de reconhecimento do que ante a ideia de que, se abandonar o posto, o resultado imediato disso será uma grande confusão, que ninguém será capaz de deslindar, pois não conhece ninguém na fábrica que possa substituí-lo e assumir seu cargo de maneira a evitar, durante alguns meses, no andamento do negócio, pelo menos os entraves mais sérios. Se o chefe subestima alguém, então é natural que os empregados procurem ultrapassá-lo, nesse aspecto, o máximo possível. Daí que todos menosprezam o trabalho de Blumfeld; ninguém considera necessário à sua formação trabalhar um tempo na seção dele e, quando são admitidos novos empregados, nenhum, por iniciativa própria, é destinado ao departamento de Blumfeld. É em consequência disso que lhe falta renovação do pessoal. Foram semanas da luta mais árdua quando Blumfeld, que até então havia cuidado de tudo na seção completamente sozinho, ajudado apenas por um servente, solicitou a contratação de um auxiliar. Quase todos os dias Blumfeld aparecia no escritório de Ottomar e lhe explicava, de uma forma tranquila e pormenorizada, por que precisava de um auxiliar na seção. Ele não era necessário, certamente, porque Blumfeld queria se poupar; Blumfeld não queria se poupar, cumpria sua tarefa mais que abundante e não cogitava em deixar de fazê-lo; queria apenas que o senhor Ottomar refletisse como, no decurso do tempo, o negócio se desenvolvera e todas as seções foram aumentadas de modo correspondente; só a de Blumfeld era sempre esquecida. E de que modo o trabalho ali aumentara! Quando Blumfeld entrou — o senhor Ottomar com certeza não se lembrava mais daquele tempo — era preciso se haver com cerca de dez costureiras; hoje esse número oscila entre cinquenta e sessenta. Um trabalho como esse exige energia, Blumfeld pode assegurar que se empenha inteiramente naquele trabalho, mas levá-lo a cabo devidamente é algo que a partir de agora não pode mais garantir. O caso é que o senhor Ottomar nunca rejeitou taxativamente os pedidos de Blumfeld; não podia fazer isso com um antigo funcionário, mas o modo como quase não prestava atenção, conversava com outras pessoas passando por alto os apelos de Blumfeld, a maneira como concedia as coisas pela metade, esquecia tudo outra vez em alguns dias — essa manei-

54

ra de agir era bem ofensiva. Não para Blumfeld, na realidade; ele não é fantasioso; por mais belos que sejam honrarias e reconhecimento, Blumfeld pode dispensá--los; a despeito de tudo vai-se aferrar ao seu posto enquanto de algum modo isso for possível; de qualquer maneira tem razão e, por mais que às vezes demore, a razão finalmente tem de encontrar reconhecimento. Assim é que, de fato, Blumfeld no fim recebeu até mesmo dois ajudantes — mas que ajudantes! Seria possível acreditar que Ottomar intuiu que podia mostrar, mais nitidamente do que pela recusa dos ajudantes, o seu desprezo à seção pela concessão desses auxiliares. Era até possível que Ottomar houvesse alimentado tanto tempo as esperanças de Blumfeld porque estava à procura de dois ajudantes como aqueles e, como era fácil compreender, não conseguira, durante todo esse tempo, achá-los. E agora Blumfeld não podia se queixar, a resposta era previsível: ele tinha recebido dois auxiliares, embora só tivesse exigido um. Ottomar havia conduzido tão jeitosamente as coisas! Evidentemente Blumfeld se queixou, mas só porque o aperto de sua situação o impelia a isso literalmente, não porque agora ele ainda esperasse ajuda. Além do mais não se queixava expressamente, mas apenas de passagem, quando se oferecia uma oportunidade propícia. Apesar disso se espalhou em breve, entre os colegas mal--intencionados, o rumor de que alguém havia perguntado a Ottomar se era mesmo possível que Blumfeld, tendo agora recebido uma ajuda tão extraordinária, ainda assim se queixasse. Ottomar respondeu que sim, que Blumfeld continuava a se queixar, mas com razão. Ele,

Ottomar, finalmente o havia percebido e pretendia destinar a Blumfeld, pouco a pouco, um ajudante por costureira, ou seja, um total de cerca de sessenta. Mas, se esses não fossem suficientes, mandaria outros mais, e não cessaria de fazê-lo até ficar completo aquele manicômio que se desenvolvia na seção de Blumfeld já fazia anos. Ora, nessa observação estava de algum modo bem imitado o discurso do chefe, mas ele próprio — Blumfeld — não duvidava de que Ottomar estivesse longe de algum dia se expressar de forma análoga acerca dele. Tudo aquilo era uma invenção dos preguiçosos dos escritórios do primeiro andar; Blumfeld não se importava; se apenas pudesse não se importar também com a presença dos auxiliares de maneira tão tranquila! Mas eles estavam lá e não havia o que fazer para afastá-los. Crianças pálidas, frágeis. Por seus documentos já deviam ter atingido a idade pós-escolar, mas na realidade não era possível acreditar nisso. Não era desejável confiá-los nem mesmo a um mestre, de tal modo era nítido que ainda permaneciam nos braços da mãe. Ainda não conseguiam se mover razoavelmente, ficar em pé por muito tempo os cansava de modo incomum, especialmente nos primeiros dias. Se ninguém os vigiava, dobravam-se logo de fraqueza, punham-se num canto tortos e curvados. Blumfeld tentava fazê-los compreender que se tornariam aleijados para a vida toda, caso cedessem sempre, dessa maneira, à comodidade. Incumbir os ajudantes de um pequeno movimento era uma coisa ousada: certa vez um deles quis transportar algo apenas uns passos, excedeu-se na velocidade e feriu o joelho na carteira. A sala estava cheia de costureiras, as carteiras cheias de mercadorias, mas Blumfeld teve de largar tudo, levar o ajudante que chorava ao escritório e ali aplicar-lhe uma pequena atadura. Mas esse zelo dos auxiliares era só aparente; como verdadeiras crianças que eram, queriam destacar-se uma ou outra vez, mas com mais frequência ainda, ou antes: quase sempre, desejavam somente desviar a atenção do superior e enganá-lo. Num momento em que o trabalho era dos maiores, Blumfeld passou correndo, pingando de suor, pelos dois e observou como eles, entre fardos de mercadorias, trocavam selos. Sua vontade foi descarregar os punhos sobre suas cabeças — para um comportamento como aquele teria sido a única punição possível; mas eles eram crianças, Blumfeld não podia desferir um golpe mortal sobre elas. E desse modo continuou a se torturar com os dois ajudantes. A princípio imaginou que os auxiliares o ajudariam em pequenos serviços na época em que a distribuição das mercadorias exigia tanto esforço e atenção. Havia pensado que ficaria em pé atrás da carteira, conservando sempre a supervisão sobre tudo e cuidando dos assentamentos nos livros, enquanto os aprendizes corriam de um lado para o outro atentos às suas ordens, repartindo tudo. Imaginara que sua supervisão — que, por mais severa, não era capaz de dar conta de um aperto como aquele — seria complementada pela vigilância dos auxiliares e que aos poucos eles acumulariam experiência, sem precisar depender de suas ordens em todos os detalhes, e que finalmente aprenderiam, por conta própria, a distinguir as costureiras umas das outras no que dizia respeito à quantidade necessária de mercadoria e à confiança que se podia depositar em cada uma das empregadas. Aplicadas a esses ajudantes, eram esperanças completamente vãs; Blumfeld logo percebeu que não podia de modo algum deixá-los falar com as costureiras. Com efeito, desde o início, isso não era viável com muitas delas, porque tinham antipatia ou medo deles; em relação a outras, pelo contrário, pelos quais eles tinham preferência, muitas vezes saíam correndo até a porta para recebê-las. A estas levavam tudo o que desejassem e, mesmo que as costureiras tivessem direito a elas, apertavam-lhes a mão com uma espécie de mistério; para essas prediletas juntavam numa estante vazia diversos retalhos, restos sem valor, mas também miudezas ainda utilizáveis; acenavam-lhes de longe com estas, felizes, pelas costas de Blumfeld e, como recompensa, elas os presenteavam com bombons que lhes enfiavam na boca. Obviamente Blumfeld pôs fim, logo, a essa anomalia e, quando as costureiras chegavam, forçava os auxiliares a irem para o seu canto. Mas por muito tempo eles consideraram essa atitude uma grande injustiça: resistiam, quebravam de propósito as canetas e várias vezes — sem apesar de tudo ousar erguer a cabeça — batiam forte nos vidros para chamar a atenção das costureiras para o mau tratamento que — na opinião deles — Blumfeld os fazia suportar.

O comportamento incorreto que praticam, eles próprios não compreendem. Assim, por exemplo, chegam quase sempre tarde demais no escritório. Blumfeld, seu superior, que desde a mais tenra juventude considerou natural que as pessoas comparecessem ao escritório no mínimo meia hora antes que ele abrisse — não era vontade de se mostrar, nem consciência excessiva do dever, apenas um certo sentimento de compostura que o motivava —, Blumfeld tem de esperar seus ajudantes chegarem, na maioria das vezes, mais que uma hora. Mastigando o pãozinho do café da manhã costuma postar-se atrás da carteira na sala fazendo o balanço das contas nas cadernetas das costureiras. Logo se concentra no trabalho e não pensa em outra coisa. De repente se sobressalta tanto que ainda algum tempo depois a pena treme na sua mão. Um dos auxiliares entrou como um furacão; é como se fosse desabar, com uma das mãos segura-se com firmeza em algum lugar, com a outra aperta o peito que respira com dificuldade; mas tudo isso não significa nada senão que, por ter chegado tarde, quisesse alegar uma desculpa tão ridícula que Blumfeld intencionalmente a ignora, pois, caso não o fizesse, teria de surrar devidamente o jovem. Assim é que só o olha por um instante; depois, com a mão estendida, aponta para o tabique e volta a se dedicar ao trabalho. Ora, seria o caso de esperar que o ajudante percebesse a benevolência do superior e corresse para o seu posto. Não, ele não corre, fica saracoteando, caminha na ponta dos pés, e agora vai pé ante pé. Quer debochar do seu chefe? Também não. É outra vez aquela mistura de medo e autossuficiência, contra a qual se fica desarmado. Como, portanto, explicar de outro modo que Blumfeld, hoje — dia em que ele próprio, fora dos seus costumes, chegou tarde no escritório, depois de uma longa espera (não está com vontade de conferir as cadernetas) —, possa, agora, através das nuvens de pó que o desconsiderado servidor levanta, contemplar os dois ajudantes que se aproximam tranquilamente pela rua? Andam estreitamente abraçados e parecem contar um para o outro coisas importantes, mas que certamente mantêm uma relação no mínimo ilícita com o trabalho. Quanto mais se aproximam da porta de vidro, tanto mais retardam o passo. Por fim um deles agarra a maçaneta, mas não a abaixa; continuam contando coisas um para o outro, escutam e riem.

— Abra a porta para os nossos cavalheiros! — grita Blumfeld para o servente, erguendo os braços.

Mas, quando os aprendizes entram, Blumfeld não quer mais ralhar com eles; não responde à saudação dos dois e vai para sua escrivaninha. Começa a fazer contas, às vezes levanta a vista para ver o que os ajudantes estão fazendo. Um deles parece estar muito cansado e esfrega os olhos; assim que pendura o sobretudo no cabide aproveita a oportunidade para ficar ainda um pouco recostado na parede; na rua estava ativo, mas a proximidade do trabalho o deixa extenuado. O outro ajudante, pelo contrário, tem ânimo para trabalhar, mas só numa ou noutra coisa. Desse modo é que desde sempre seu desejo foi poder varrer. Acontece porém que essa é uma tarefa que não lhe compete: varrer é atribuição só do servente; em si mesmo Blumfeld não teria nada contra o aprendiz ficar varrendo; ele pode varrer, pior que o servente ele não é capaz de fazer; mas, se o ajudante pretende varrer, então deve justamente chegar mais cedo, antes que o servente comece, e não empregar o tempo nisso, uma vez que tem de se dedicar exclusivamente aos trabalhos do escritório. Mas, visto que o jovem auxiliar é inacessível a qualquer reflexão razoável, pelo menos o servente, aquele ancião meio cego que o chefe com certeza não toleraria em nenhuma outra seção que não a de Blumfeld e que só vive ainda pela graça de Deus e do chefe — então esse servente poderia pelo menos ser condescendente e passar por um instante a vassoura ao jovem, que aliás é desajeitado; logo perderá a vontade de varrer e irá correndo atrás do servente com a vassoura para convencê-lo a varrer de novo. Parece no entanto que o servente se sente especialmente responsável pela tarefa de varrer; pode-se ver como ele, mal o rapaz se aproxima, procura segurar melhor a vassoura com mãos trêmulas, prefere ficar quieto e deixa de varrer, para dirigir toda a atenção à posse da vassoura. Mas o ajudante não pede apenas por meio de palavras, pois tem medo de Blumfeld, que na aparência faz contas; além do mais palavras comuns seriam inúteis, pois, para fazer o servente ouvir, é preciso dar os gritos mais fortes. Portanto, o auxiliar começa a puxar o servente pela manga. Evidentemente este sabe do que se trata; dirige um olhar sombrio para o aprendiz, balança a cabeça e puxa a vassoura até apertá-la contra o peito. O ajudante junta as mãos e suplica. Seja como for, não tem esperança de conseguir alguma coisa por meio de rogos; só que suplicar o diverte, e é por isso que o faz. O outro ajudante acompanha a cena com risos abafados e, embora seja incompreensível, acredita obviamente que Blumfeld não escuta. Os rogos não provocam a menor impressão no servente; dá uma volta, acreditando agora que pode usar a vassoura outra vez com segurança. Mas o aprendiz o seguiu saltitando na ponta dos pés e esfregando as mãos suplicantes uma na outra; aí então implora do outro lado. As voltas do servente e a perseguição saltitante do auxiliar se repetem várias vezes. Finalmente o servente se sente bloqueado por todos os lados e observa — o que poderia ter feito desde o início se fosse um pouco menos simplório — que vai ficar fatigado antes que o ajudante. Consequentemente busca auxílio de fora; ameaça o jovem com o dedo e aponta para Blumfeld, para o qual irá se queixar se o outro não o deixar em paz. O ajudante reconhece que agora, se quiser ficar com a vassoura, tem de se apressar bastante, por isso faz menção de agarrá-la atrevidamente. Um grito involuntário do outro aprendiz anuncia a proximidade de uma decisão. Na verdade o servente ainda consegue pôr a salvo, desta vez, a vassoura, dando um passo para trás e arrastando-a consigo. Agora porém o ajudante não cede mais; com a boca aberta e os olhos lançando chispas, salta para a frente; o servente quer fugir, mas suas velhas pernas tremem ao invés de correr; o ajudante disputa a vassoura e, apesar de não se apoderar dela, consegue alcançá-la de modo a fazê-la cair: com isso ela está perdida para o servente. Ao que parece, também para o ajudante, pois a vassoura, ao cair no chão, paralisa os três, os ajudantes e o servente, já que agora tudo será descoberto por Blumfeld. Com efeito, este levanta os olhos para sua janelinha, como se apenas naquele instante tivesse se apercebido dos acontecimentos; com severidade, inquiridor, fixa a vista em cada um deles; também a vassoura caída no chão não escapa ao seu olhar. Seja porque o silêncio dura demais, seja porque o ajudante culpado não pode reprimir sua ânsia de varrer, o certo é que este curva o corpo, sem dúvida com muita cautela, apanha a vassoura, como se devesse pôr a mão sobre um animal e não sobre ela, pega a vassoura, passa-a sobre o solo, mas de repente a atira fora, sobressaltado, quando Blumfeld se levanta com um pulo e sai do seu posto no escritório.

— Os dois para o trabalho! E sem mais um pio! — brada Blumfeld apontando com o braço estendido, aos auxiliares, o caminho para suas carteiras.

Eles obedecem logo, mas não, entretanto, envergonhados e de cabeça baixa; ao contrário, giram rígidos quando passam por Blumfeld e o fitam firme nos olhos, como se desse modo quisessem demovê-lo de bater neles. Certamente estão sabendo, por experiência suficiente, que Blumfeld por princípio nunca bate. Mas são excessivamente medrosos e sempre sem o menor tato procuram fazer valer seus direitos reais ou aparentes.

A PONTE

Eu estava rígido e frio, era uma ponte, estendido sobre um abismo. As pontas dos pés cravadas deste lado, do outro as mãos, eu me prendia firme com os dentes na argila quebradiça. As abas do meu casaco flutuavam pelos meus lados. Na profundeza fazia ruído o gelado riacho de trutas. Nenhum turista se perdia naquela altura intransitável, a ponte ainda não estava assinalada nos mapas. — Assim eu estava estendido e esperava; tinha de esperar. Uma vez erguida, nenhuma ponte pode deixar de ser ponte sem desabar.

Certa vez, era pelo anoitecer — o primeiro, o milésimo, não sei —, meus pensamentos se moviam sempre em confusão e sempre em círculo. Pelo anoitecer no verão, o riacho sussurrava mais escuro — foi então que ouvi o passo de um homem! Vinha em direção a mim, a mim. — Estenda-se, ponte, fique em posição, viga sem corrimão, segure aquele que lhe foi confiado. Compense, sem deixar vestígio, a insegurança do seu passo, mas, se ele oscilar, faça-se conhecer e como um deus da montanha atire-o à terra firme.

Ele veio; com a ponta de ferro da bengala deu umas

batidas em mim, depois levantou com ela as abas do meu casaco e as pôs em ordem em cima de mim. Passou a ponta por meu cabelo cerrado e provavelmente olhando com ferocidade em torno deixou-a ficar ali longo tempo. Mas depois — eu estava justamente seguindo-o em sonho por montanha e vale — ele saltou com os dois pés sobre o meio do meu corpo. Estremeci numa dor atroz, sem compreender nada. Quem era? Uma criança? Um sonho? Um salteador de estrada? Um suicida? Um tentador? Um destruidor? E virei-me para vê-lo. — Uma ponte que dá voltas! Eu ainda não tinha me virado e já estava caindo, desabei, já estava rasgado e trespassado pelos cascalhos afiados, que sempre me haviam fitado tão pacificamente da água enfurecida.

O CAÇADOR GRACO

Dois meninos estavam sentados na amurada do cais jogando dados. Um homem lia um jornal na escadaria de um monumento, à sombra do herói que brandia o sabre. Uma jovem enchia o balde de água na fonte. Um vendedor de frutas estava estendido ao lado de sua mercadoria e olhava para o mar. No fundo de uma taverna viam-se dois homens tomando vinho, através dos buracos vazios da porta e da janela. O taverneiro estava sentado a uma mesa adiante e cochilava. Uma barca balançava suavemente, como se fosse levada sobre as águas ao pequeno porto. Um homem de blusão azul saltou para a terra e puxou o cabo pelas argolas. Outros dois homens de casacos escuros com botões de prata transportavam atrás do barqueiro um esquife sobre o qual era evidente que jazia um ser humano, debaixo de um grande tecido de seda estampado de flores e provido de franjas.

No cais ninguém prestou atenção nos recém-chegados, mesmo quando eles depositaram o ataúde para aguardar o barqueiro, que ainda manipulava os cabos; ninguém se aproximou, ninguém perguntou nada a eles, ninguém os olhou mais detidamente.

O barqueiro foi retardado mais um pouco por uma mulher que, com uma criança ao colo, cabelos desfeitos, apareceu naquele momento no molhe. Aí o barqueiro veio, apontou para uma casa amarelada, de dois andares, que se erguia retilínea, à esquerda, perto da água; os carregadores levantaram a carga e a transportaram pelo portão baixo, mas feito de colunas esguias. Um rapazinho abriu uma janela, conseguiu ainda ver como o grupo desaparecia na casa, e voltou a fechar rápido a janela. Em seguida, o portão também foi fechado; era de carvalho escuro cuidadosamente entalhado. Um bando de pombas, que até aquele instante havia voado em volta da torre do relógio, baixou então até a praça diante da casa. Como se sua comida fosse conservada na casa, as pombas se reuniram frente à porta. Uma delas voou até o primeiro andar e bicou o vidro da janela. Eram aves de cores claras, bem tratadas, vivazes. Da barca, com um grande ímpeto, a mulher atirou grãos para elas, que os recolheram e depois voaram na sua direção.

Um homem de cartola e tarja de luto desceu por uma das ruazinhas estreitas, fortemente inclinadas, que davam para o porto. Olhou em torno com atenção; tudo o preocupava; a visão de sujeira num canto o fez contorcer o rosto. Nos degraus do monumento havia cascas de fruta; ao passar por elas atirou-as para baixo com a bengala. Ao chegar à taverna, bateu na porta; ao mesmo tempo tirou a cartola com a mão direita, coberta por uma luva preta. Abriram logo, e pelo menos cinquenta meninos formaram alas no longo corredor, inclinando-se em sinal de reverência.

O barqueiro desceu a escada, saudou o senhor, levou-o para cima; no primeiro andar deu com ele uma volta no pátio circundado por pórticos graciosos, de construção leve, e os dois entraram — enquanto os rapazes, em respeitosa distância, se apinhavam — num espaço frio, grande, no lado posterior da casa, diante da qual já não havia construção alguma; apenas uma falésia nua, cinza escura, podia ser avistada. Os transportadores estavam ocupados em pôr em pé e acender, na cabeceira do esquife, algumas velas compridas, mas com isso não se fez luz; a única coisa que se conseguiu foi que as sombras, que antes estavam quietas, ficassem agitadas, bruxuleando sobre as paredes. O pano havia sido retirado da essa. Ali jazia um homem de cabelo e barba selvagemente revoltos, pele bronzeada, semelhante talvez a um caçador. Estava imóvel, aparentemente sem respirar, de olhos cerrados, embora só o meio ambiente desse a entender que talvez fosse um morto.

O senhor aproximou-se do palanquim, colocou uma mão sobre a testa daquele que jazia ali, ajoelhou-se e rezou. O barqueiro fez um aceno para os transportadores deixarem o lugar; eles saíram, afastaram os meninos que tinham se reunido fora e fecharam a porta. Mas nem mesmo esse silêncio pareceu suficiente para o senhor, fitou o barqueiro, este compreendeu e entrou no aposento contíguo por uma porta lateral. Imediatamente o homem que estava no esquife abriu os olhos, voltou o rosto para o senhor com um sorriso doloroso e disse:

— Quem é o senhor?

O senhor ergueu-se, sem se espantar mais visivelmente, de sua posição ajoelhada e respondeu:

— O prefeito de Riva.

O homem que estava na essa acenou a cabeça, apontou com fraqueza o braço para uma cadeira e disse, depois que o prefeito atendeu ao seu convite:

— Eu já sabia, senhor prefeito, mas no primeiro momento sempre esqueço tudo; fica tudo dando voltas e é melhor que eu pergunte, mesmo sabendo de todas as coisas. Provavelmente o senhor também sabe que sou o caçador Graco.

— Certamente — disse o prefeito. — Ontem à noite me anunciaram sua chegada. Fazia muito tempo que dormíamos, então por volta da meia-noite minha mulher bradou: "Salvatore!" — é esse meu nome — "veja a pomba na janela!". Era de fato uma pomba, mas grande como uma galinha. Voou até o meu ouvido e disse: "Amanhã chega o caçador morto Graco, receba-o em nome da cidade".

O caçador assentiu com a cabeça e insinuou a língua entre os lábios:

— Sim, as pombas vêm voando antes de mim. O senhor crê, senhor prefeito, que devo ficar em Riva?

— Isso eu ainda não posso dizer — respondeu o prefeito. — O senhor está morto?

— Sim — disse o caçador. — Como o senhor vê, estou morto. Há muitos anos, devem ser descomunalmente muitos anos, caí na Floresta Negra — ela fica na Alemanha — de um penhasco quando perseguia uma camurça. Desde então estou morto.

— Mas o senhor também vive — disse o prefeito.

— Num certo sentido, sim — disse o caçador. — Num certo sentido estou vivo também. Meu barco fúnebre errou o caminho, uma volta equivocada do leme, um instante de desatenção do piloto, um desvio através da minha pátria maravilhosa, não sei o que foi, só sei que permaneci na Terra e que meu barco, desde então, navega por águas terrenas. Assim é que eu, que queria viver só nas montanhas, viajo, depois de minha morte, por todos os países da Terra.

— E não tem parte alguma no Além? — perguntou o prefeito com a testa franzida.

— Estou sempre na grande escada que leva para o alto — respondeu o caçador. — Fico dando voltas por essa escadaria infinitamente ampla, ora para cima, ora para baixo, ora à direita, ora à esquerda, sempre em movimento. O caçador tornou-se uma borboleta. Não ria.

— Não estou rindo — defendeu-se o prefeito.

— Muito ajuizado — disse o caçador. — Estou sempre em movimento. Mas, se tomo o impulso máximo e lá em cima já se ilumina para mim o portal, acordo no meu velho barco, encalhado em alguma água terrena, desolado. O erro fundamental da minha morte naquela época gira por meu camarote, sorrindo-me sardônico. Júlia, a mulher do barqueiro, bate à porta e traz até a minha essa a bebida matutina do país ao longo de cuja costa estamos navegando. Estou estendido num catre de madeira, visto — não é um prazer me contemplar — uma mortalha suja; o cabelo e a barba, grisalhos e pretos, emaranham-se mutuamente; minhas pernas estão cobertas por uma grande manta feminina, de seda, estampada de flores, de franjas longas. À minha cabeceira uma vela de igreja me ilumina. Na parede à minha frente há um pequeno quadro, evidentemente de um bosquímano, que aponta para mim com uma lança e se esconde o mais que pode atrás de um escudo fantasticamente pintado. Nos navios a pessoa encontra várias imagens estúpidas, esta é uma das mais estúpidas. Fora isso, minha jaula de madeira está totalmente vazia. Por uma escotilha da parede lateral entra o ar quente da noite meridional e ouço a água batendo de encontro ao velho barco. Desde então permaneço aqui estendido — desde aquela vez em que eu, o ainda vivo caçador Graco, perseguindo em sua terra, na Floresta Negra, uma camurça, sofreu uma queda. Tudo seguia uma ordem. Eu estava perseguindo, caí, sangrei num barranco, morri, e esta barca deve me transportar para o Além. Ainda me lembro com que alegria me estendi pela primeira vez neste catre. Nunca as montanhas ouviram de mim um canto como, na ocasião, estas quatro paredes ainda crepusculares.

Tinha vivido com prazer e morrido com gosto; antes de subir a bordo atirei longe de mim a parafernália da espingarda, da algibeira, das outras armas de caça, que eu sempre levara com orgulho, e enfiei-me na mortalha como uma jovem no vestido de casamento. Aqui fiquei esticado, esperando. Foi então que aconteceu o infortúnio.

— Um triste destino — disse o prefeito com a mão levantada num gesto de autodefesa. — E não tem culpa alguma nisso?

— Nenhuma — disse o caçador. — Eu era caçador, por acaso isso é alguma culpa? Estava estabelecido na condição de caçador na Floresta Negra, onde na época ainda havia lobos. Ficava à espreita, atirava, acertava, arrancava a pele, isso é culpa? Meu trabalho era abençoado. "O grande caçador da Floresta Negra", diziam. Isso é culpa?

— Não fui chamado para decidir a esse respeito — disse o prefeito. — Mas a mim também parece não existir nenhuma culpa. Porém, de quem ela é?

— Do barqueiro — disse o caçador. — Ninguém vai ler o que aqui escrevo, ninguém virá me ajudar; se fosse colocada como tarefa me ajudar, todas as portas de todas as casas, todas as janelas ficariam fechadas, todas as pessoas permaneceriam em suas camas, as cobertas puxadas sobre as cabeças, a Terra inteira um albergue noturno. Faz sentido, pois ninguém sabe de mim; e, se soubesse de mim, não saberia do meu paradeiro e sendo assim não saberia como me reter ali, não saberia como me ajudar. O pensamento de querer me ajudar é uma doença e deve ser curada na cama. Disso eu tenho consciência e por isso não grito pedindo ajuda, mesmo que, por momentos — exaltado como estou, como agora, por exemplo —, pense muito a sério em fazê-lo. Mas sem dúvida basta, para expulsar esses pensamentos, olhar ao meu redor e tomar ciência de onde estou e — posso com certeza afirmá-lo — onde habito faz séculos.

— Extraordinário — disse o prefeito —, extraordinário. E cogita em permanecer conosco em Riva?

— Não penso nisso — disse o caçador rindo e, para neutralizar o tom de escárnio, colocou a mão sobre o joelho do prefeito. — Estou aqui, mais que isso não sei, mais que isso não posso fazer. Meu barco não tem leme, navega com o vento que sopra nas regiões inferiores da morte.

DURANTE A CONSTRUÇÃO DA MURALHA DA CHINA

A muralha da China foi terminada no seu trecho mais setentrional. A construção avançou do sudeste e do sudoeste e ali se uniu. Esse sistema de construção por partes também foi seguido em ponto menor dentro dos dois grandes exércitos de trabalho, o exército do leste e o exército do oeste. Sucedeu assim que foram formados grupos de aproximadamente vinte trabalhadores que precisavam erguer uma muralha parcial de cerca de quinhentos metros de comprimento, enquanto um grupo vizinho construía em sua direção outra muralha do mesmo comprimento. Mas depois de completada a união não se prosseguiu mais a construção no final desses mil metros; em vez disso os grupos de trabalhadores foram deslocados para regiões totalmente diferentes visando à construção da muralha. Desse modo surgiram naturalmente muitas brechas grandes que só foram preenchidas de maneira gradativa e vagarosa, algumas delas só depois que já tinha sido anunciada a conclusão da muralha. Sem dúvida devem existir brechas que não foram absolutamente cobertas — para muitos, bem maiores que as partes construídas —, uma afirmação porém que possivelmente faz parte das muitas lendas que surgiram em torno da construção e que, ao menos para o indivíduo isolado, não pode ser verificada com os próprios olhos e segundo um critério pessoal, em virtude da sua dimensão.

Ora, de antemão seria possível acreditar que fosse mais vantajoso em qualquer sentido construir de forma contínua, ou no mínimo continuamente dentro das duas partes principais da muralha. Conforme em geral se propala e é sabido, ela foi pensada como proteção contra os povos do norte. Mas como pode servir de proteção uma muralha cuja construção não é contínua? Com efeito, muralha assim não só não pode proteger, como a própria construção corre perigo constante. Essas partes de muralha abandonadas em região deserta podem ser destruídas facilmente e a todo momento pelos nômades, sobretudo porque, já então amedrontados pela construção, eles mudaram de morada com incrível rapidez, como gafanhotos, e talvez por isso conseguiram uma visão de conjunto melhor sobre os progressos da construção do que nós, os construtores. Apesar de tudo, a construção não podia mesmo ser efetuada de maneira diferente do que aconteceu. Para compreendê-la é preciso levar em consideração o seguinte: a muralha devia tornar-se uma proteção por séculos; a construção mais cuidadosa, o uso de sabedoria arquitetônica de todos os tempos e povos conhecidos, o sentimento duradouro da responsabilidade pessoal dos que a faziam eram, por isso, o pressuposto indispensável para o trabalho. Nos trabalhos inferiores podiam na verdade ser empregados diaristas ignorantes do povo, homens, mulheres, crianças, quem quer que se oferecesse por um bom dinheiro; mas para dirigir quatro tarefeiros já era necessário um homem instruído e versado em matéria de construção; um homem capaz de sentir, na profundeza do coração, do que ali se tratava. E quanto mais elevada a tarefa tanto maiores as exigências, naturalmente. Estavam à disposição, com efeito, homens assim, e, embora não na quantidade que a construção poderia absorver, sem dúvida em grande número.

A construção não foi empreendida com leviandade. Cinquenta anos antes do início, por toda a China que devia ser cercada pela muralha, declarou-se a arquitetura, especialmente a alvenaria, como a mais importante das ciências, e tudo o mais só foi reconhecido na medida em que estava relacionado com isso. Lembro-me ainda muito bem quando nós, crianças pequenas, mal seguras das nossas pernas, ficávamos no jardinzinho do nosso mestre e precisávamos construir uma espécie de muralha com seixos, e como o mestre, a túnica arregaçada, corria de encontro à muralha, naturalmente deitava tudo por terra e nos fazia tais censuras por causa da fragilidade de nossa construção, que nós saíamos berrando por todos os lados em busca de nossos pais. Um incidente minúsculo, mas significativo para o espírito da época.

Tive a sorte de aos vinte anos ser aprovado na prova máxima da escola de nível inferior exatamente quando começou a construção da muralha. Digo sorte porque muitos dos que haviam alcançado antes o grau mais elevado da formação que lhes era acessível, anos a fio não sabiam o que fazer com o seu conhecimento e, a cabeça cheia dos planos de construção mais grandiosos, andavam de lá para cá inutilmente, desmoralizando-se aos montes. Mas aqueles que finalmente chegaram à construção como mestres de obras, mesmo nos níveis mais baixos, foram de fato dignos dela. Eram homens que haviam meditado muito sobre a construção e não paravam de pensar nisso, que de certo modo se sentiam amalgamados à construção desde a primeira pedra que faziam mergulhar no solo. Naturalmente porém o que movia construtores como esses, além da avidez de realizar o trabalho mais sólido, era a impaciência por verem afinal a construção emergir em sua plenitude. O trabalhador diarista não conhecia essa impaciência — a única coisa que o impele é o salário —; os mestres de obras mais altos, até mesmo os de nível médio, enxergavam o suficiente do múltiplo crescimento da construção para desse modo conservarem o espírito forte. Mas para os de nível inferior, homens espiritualmente muito acima de sua tarefa, na aparência pequena, foi necessário adotar outras medidas. Não se podia, por exemplo, fazê-los assentar pedra sobre pedra, ao longo de meses e até anos, numa região desabitada das montanhas, a centenas de milhas de distância dos seus lares; a falta de perspectiva desse trabalho assíduo, mas que até em uma existência prolongada não levaria ao alvo, os teria desesperado e sobretudo tornado mais sem valor para o trabalho. Por esse motivo escolheu-se o sistema de construção por partes. Quinhentos metros podiam ser aprontados nuns cinco anos, naturalmente depois os mestres estavam em regra esgotados demais e tinham perdido toda a confiança em si mesmos, na construção, no mundo; por isso então, quando ainda estavam no entusiasmo da festa de união dos mil metros da muralha, eles foram despachados para longe, muito longe, vendo na viagem sobressaírem aqui e ali partes prontas da muralha, passando pelos alojamentos dos chefes superiores, que os presenteavam com condecorações, ouvindo os gritos de júbilo dos novos exércitos de trabalho que afluíam em torrentes do fundo das províncias; vendo ser abatidas florestas destinadas aos andaimes da muralha, montanhas transformadas a martelo em blocos de pedra e escutando nos lugares sagrados os cânticos dos devotos que rogavam pelo término da construção. Tudo isso apaziguava sua impaciência. A vida calma da terra natal onde passavam algum tempo fortalecia-os; o prestígio de que gozavam todos os construtores, a crédula humildade com que eram ouvidos os seus relatos, a confiança que o cidadão simples e tranquilo depositava na antiga construção da muralha — tudo isso esticava as cordas da alma. Como crianças eternamente esperançosas eles se despediam então da terra natal, o desejo de trabalhar outra vez na obra do povo havia se tornado invencível. Partiam de casa mais cedo do que teria sido necessário, a metade da aldeia os acompanhava durante longos trechos. Em todos os caminhos, grupos, flâmulas, bandeiras — nunca antes eles haviam visto como sua terra era grande e rica e bela e digna de ser amada. Cada conterrâneo era um irmão para o qual se construía uma muralha protetora e que por isso agradecia, com tudo o que tinha e era, pela vida inteira. Unidade! Unidade! Peito a peito, uma ciranda do povo, o sangue não mais encerrado na estreita circulação do corpo, mas rolando docemente e não obstante retornando pela China infindável.

Assim portanto fica compreensível o sistema de construção por partes; mas por certo ele ainda tinha outras razões. Não é nada estranho também que eu me detenha tanto tempo nesta questão: por mais inessencial que a princípio pareça, ela é a questão nuclear de toda a construção da muralha. Se quero transmitir e tornar inteligíveis o pensamento e as experiências daquele tempo, então não posso deixar de me aprofundar o suficiente justamente nesta questão.

Em primeiro lugar é preciso sem dúvida dizer que na época foram alcançadas realizações que ficam pouco a dever à construção da Torre de Babel — seja como for no que diz respeito à aprovação divina e pelo menos segundo o cálculo humano, elas representam exatamente o contrário daquela construção. Menciono isso porque nos primeiros tempos da construção da muralha um erudito escreveu um livro no qual traçou com muita precisão esses paralelos. Ele tentou provar que a Torre de Babel não chegou ao alvo de modo algum pelas causas em geral apresentadas, ou no mínimo que entre estas não se acham as mais importantes. Suas provas não consistiam só em escritos e relatos, mas ele pretendia também ter realizado investigações no próprio lugar e assim descoberto que a construção da torre malogrou e precisava malograr em virtude da fraqueza dos alicerces. Nessa direção é evidente que nossa época era muito superior àquela outra, tão remota. Quase todo contemporâneo instruído era por ofício construtor e infalível em questões de fundação. Mas o objetivo do erudito não era absolutamente esse; ele afirmava que só a grande muralha criaria pela primeira vez na história dos homens um fundamento seguro para uma nova Torre de Babel. Ou seja: primeiro a muralha e depois a torre. O livro esteve então em todas as mãos, mas confesso que ainda hoje não compreendo precisamente como ele concebia essa torre. A muralha, que não formava nem mesmo um círculo, mas apenas uma espécie de um quarto ou metade de círculo, devia oferecer os alicerces de uma torre? Isso só poderia ser entendido num sentido espiritual. Mas então para que a muralha, que era algo efetivo, resultado do esforço e da vida de centenas de milhares? E para que estavam inscritos na obra planos da torre — se bem que planos nebulosos — e, nos mínimos detalhes, projetos sobre como se devia reunir a força do povo numa obra nova e poderosa?

Havia então — este livro é apenas um exemplo — muita confusão nas cabeças, talvez justamente porque tantos buscavam unir-se o mais possível em torno de uma única meta. O ser humano, em sua essência instável, da natureza da poeira que sobe, não suporta grilhões; se ele mesmo se acorrenta, começa logo a sacudir loucamente os grilhões e a atirar aos pedaços para todos os pontos cardeais muralha, cadeia e a si próprio.

É possível que também estas ponderações até contrárias à construção da muralha não tenham permanecido desconsideradas pelo comando ao estabelecer a construção por partes. Nós — certamente falo aqui em nome de muitos — na verdade só nos conhecemos ao soletrar as determinações do comando supremo e descobrimos que sem ele não bastariam nem o nosso conhecimento escolar nem o senso comum para a pequena função que tínhamos dentro do grande todo. Na sala do comando — onde ela ficava e quem ali tinha assento, ninguém a quem eu perguntei sabe ou sabia —, nessa sala decerto giravam todos os pensamentos e desejos humanos e em círculos contrários todas as metas e realizações humanas. Mas, sobre as mãos do comando que desenhava os planos, caía pela janela o reflexo dos mundos divinos.

E por isso não escapa ao observador imparcial que o comando, caso ele o tivesse querido a sério, não teria deixado de superar as dificuldades que se opunham a uma construção contínua da muralha. Resta pois apenas a conclusão de que o comando tinha por objetivo a construção por partes. Mas ela era só um expediente, e inadequado. — Estranha conclusão! — Sem dúvida; e no entanto, por outro lado, ela tem para si mais de uma justificativa. Talvez hoje se possa falar disso sem perigo. Naquela época era princípio secreto de muitos, e até dos melhores: tente com todas as forças entender as determinações do comando, mas até um certo limite, depois pare de pensar. Um princípio muito sensato, que aliás encontrou uma outra interpretação num paralelo mais tarde repetido com frequência: pare de pensar, não porque isso possa prejudicá-lo; não é absolutamente certo que vá prejudicá-lo. Não se pode, aqui, de modo algum, falar de prejuízo ou não prejuízo. Vai-lhe acontecer como acontece ao rio na primavera. Ele sobe, torna-se mais possante, nutre com mais força a terra nas suas longas margens, conserva o próprio ser quando entra pelo mar adentro, fica mais à altura do mar e é mais bem recebido por ele. — Até aqui pense nas determinações do comando. — Mas depois o rio passa as suas margens, perde contornos e forma, retarda o curso, tenta formar contra sua vocação pequenos mares em terra firme, danifica as campinas mas não pode manter por muito tempo essa expansão, pois reflui para as suas margens e até seca lastimavelmente na próxima estação quente. — Até aqui não reflita nas determinações do comando.

Ora, por mais que essa comparação tenha sido extraordinariamente certeira durante a construção da muralha, para o meu presente relato ela só tem no máximo uma validade restrita. Certamente minha pesquisa é apenas histórica; das nuvens de tempestade há muito tempo desaparecidas não se descarrega mais nenhum raio, e por isso posso buscar uma explicação para a construção por partes, que prossegue além do que as pessoas então achavam suficiente. Os limites que minha faculdade de pensar me impõe já são estreitos o bastante, mas a região que aqui teria de ser percorrida é o infinito.

Contra quem devia nos proteger a grande muralha? Contra os povos do norte. Sou natural do sudeste da China. Lá nenhum povo do norte pode nos ameaçar. Lemos a respeito deles nos livros dos antigos; as crueldades que eles praticam seguindo a sua natureza nos fazem suspirar em nossos pacíficos caramanchões. Nos quadros dos artistas, fiéis à verdade, vemos esses rostos da maldição, as bocarras escancaradas, as mandíbulas guarnecidas de dentes muito afiados, os olhos apertados que já parecem cobiçar a presa que a bocarra vai esmagar e despedaçar. Se as crianças não se comportam, mostramo-lhes essas imagens e elas voam chorando ao nosso colo. Mas não sabemos mais do que isso sobre esses setentrionais. Não os vimos nunca e se permanecermos em nossa aldeia nunca os veremos, mesmo que eles se lancem em linha reta à nossa caça, montados nos seus cavalos selvagens — o país é grande demais e não os deixa chegar até nós: cavalgando, eles irão se perder no ar vazio.

Por que então, uma vez que as coisas são assim, abandonamos o lar, o rio e as pontes, a mãe e o pai, a esposa que chora, as crianças que precisam de aprendizado, e partimos para a escola na cidade distante e os nossos pensamentos estão mais longe ainda, junto à muralha do norte? Por quê? Pergunte ao comando. Ele nos conhece. Ele, que vive às voltas com imensas preocupações, sabe de nós, conhece nossos pequenos ofícios, vê-nos todos sentados juntos na nossa humilde palhoça, e a oração que o pai de família diz ao anoitecer no círculo dos seus lhe é agradável ou então o desagrada. E, se posso me permitir tal pensamento sobre o comando, tenho de dizer que na minha opinião ele já existia antes, não se reuniu ao acaso como altos mandarins que, excitados por um belo sonho matinal, convocam com urgência máxima uma assembleia, deliberam na maior pressa e já à noite arrancam a população das suas camas ao som de tambores para que esta execute as decisões tomadas, mesmo que elas sejam só organizar uma festa de iluminação em homenagem a um deus que ontem se mostrou propício aos senhores, para amanhã, mal tenham se apagado as lanternas, ir castigá-los num canto escuro. O comando existiu, sem dúvida, desde sempre, bem como a decisão de construir a muralha. Inocentes povos do norte que acreditaram ter sido sua causa! Venerável e inocente imperador, que acreditou tê-la ordenado! Nós, da construção, conhecemos o assunto de outro ângulo e nos calamos.

Já durante a construção da muralha, e depois até hoje, eu me ocupei quase exclusivamente com a história comparada dos povos — há certas questões a cujo nervo, por assim dizer, só se chega por esse meio — e com isso descobri que nós, chineses, possuímos certas instituições populares e estatais de uma clareza sem par, e outras, por seu turno, de uma falta de clareza única. Rastrear os motivos principalmente do último fenômeno sempre me atraiu e continua atraindo; também a construção da muralha está essencialmente afetada por essas questões.

Ora, faz parte das nossas instituições mais obscuras, com certeza, o império. Em Pequim, sobretudo nos círculos da corte, naturalmente existe a esse respeito alguma clareza, por mais que esta seja mais aparente que real. Também os professores de direito público e história nas escolas superiores pretendem estar informados com precisão sobre essas coisas e em condições de transmitir esse conhecimento aos estudantes. Quanto mais fundo se desce na escala das escolas inferiores tanto mais desaparecem — o que é compreensível — as dúvidas sobre o próprio saber, e a pseudoformação se eleva à altura das montanhas em torno de alguns poucos preceitos radicados há séculos, que de fato nada perderam de sua verdade eterna, mas permanecem também eternamente desconhecidos nesse vapor e nessa névoa.

Porém justamente sobre o império é que se devia, na minha opinião, consultar o povo, uma vez que o império tem nele os seus últimos pontos de apoio. Aqui outra vez eu por certo só posso falar da minha terra natal. Além das divindades do campo e do culto em sua homenagem, que preenche o ano inteiro de forma tão variada e bela, nosso pensamento está voltado apenas para o imperador. Mas não para o atual; ou, antes, ele podia estar voltado para o atual imperador se nós o tivéssemos conhecido ou sabido algo definido sobre ele. Evidentemente estávamos sempre empenhados — a única curiosidade que nos preenchia — em ficar conhecendo alguma coisa dessa natureza, mas, por mais esquisito que isso soe, quase não era possível obter informações nem com o peregrino que percorre tanto país, nem nas aldeias próximas ou distantes, nem com os marinheiros que navegam não só em nossos pequenos rios como também nas correntezas sagradas. Na verdade ouvia-se muito, mas não era possível tirar nada desse muito.

Nosso país é tão grande que nenhuma lenda dá conta do seu tamanho, o céu é quase incapaz de cobri-lo — e Pequim é só um ponto e o castelo imperial só um pontinho. Certamente o imperador como tal é por sua vez grande através de todos os andares do mundo. Mas o imperador vivo, um ser humano como nós, deita-se como nós numa cama que tem sem dúvida dimensões generosas, mas possivelmente é apenas estreita e curta. Como nós ele às vezes estica os membros do corpo e se está muito cansado boceja com sua boca delicadamente desenhada. Mas como poderíamos saber disso — a milhares de milhas ao sul —, já quase na fronteira com o planalto do Tibete? Além disso qualquer notícia, mesmo que ela nos alcançasse, chegaria tarde demais, estaria haveria muito tempo envelhecida. Em torno do imperador aperta-se a multidão brilhante e no entanto obscura da corte — maldade e hostilidade na roupagem de servidores e amigos —, o contrapeso do poder imperial, sempre empenhado em derrubar o imperador do prato da balança com setas envenenadas. O império é imortal, mas como indivíduo o imperador cai e se precipita das alturas; mesmo dinastias inteiras no fim afundam e expiram num único estertor. Dessas lutas e dores o povo nunca vai saber; como retardatários, como forasteiros na cidade, eles ficam no extremo das travessas apinhadas de gente, consumindo calmamente as provisões que trouxeram, enquanto na praça do mercado no centro, bem distante, se procede à execução do seu senhor.

Existe uma lenda que expressa bem essa relação.* O imperador, assim consta, enviou a você, o só, o súdito lastimável, a minúscula sombra refugiada na mais remota distância, exatamente a você o imperador enviou do seu leito de morte uma mensagem. Fez o men-

---

* Os três parágrafos seguintes compõem o conto "Uma mensagem imperial" (*Um médico rural*, Companhia das Letras). (N. T.)

sageiro se ajoelhar ao pé da cama e segredou-lhe a mensagem no ouvido; estava tão empenhado nela que o mandou repeti-la no seu próprio ouvido. Com um aceno de cabeça confirmou a exatidão do que tinha sido dito. E perante todos os que assistem à sua morte — todas as paredes que impedem a vista são derrubadas, e nas amplas escadarias que se lançam ao alto os grandes do reino formam um círculo —, diante de todos eles o imperador despachou o mensageiro. Este se pôs imediatamente em marcha; é um homem robusto, infatigável; estendendo à frente ora um, ora o outro braço, ele abre caminho na multidão; quando encontra resistência aponta para o peito onde está o símbolo do sol; avança fácil como nenhum outro. Mas a multidão é tão grande, suas moradas não têm fim. Fosse um campo livre que se abrisse, como ele voaria! — e certamente você logo ouviria a esplêndida batida dos seus punhos na porta. Ao invés disso, porém, como são vãos os seus esforços; continua sempre forçando a passagem pelos aposentos do palácio mais interno; nunca irá ultrapassá-los; e se o conseguisse nada estaria ganho; teria de lutar para descer as escadas; e se o conseguisse nada estaria ganho; teria de percorrer os pátios de ponta a ponta; e depois dos pátios o segundo palácio que os circunda; e outra vez escadas e pátios; e novamente um palácio; e assim por diante durante milênios; e se afinal ele se precipitasse do mais externo dos portões — mas isso não pode acontecer jamais, jamais — só então ele teria diante de si a cidade-sede, o centro do mundo, repleto da própria borra amontoada. Aqui ninguém penetra e muito menos com a mensagem de um morto. — Você no entanto está sentado junto à janela e sonha com ela quando a noite chega. Exatamente assim, tão sem esperança e esperançoso, o nosso povo vê o imperador. Ele não sabe qual imperador está reinando, e até sobre o nome da dinastia persistem dúvidas. Muita coisa desse tipo é aprendida na escola, seguindo a sequência, mas a insegurança geral nesse sentido é tão grande que mesmo o melhor aluno é arrebatado por ela. Imperadores mortos há muito tempo são entronizados em nossas aldeias e aquele que ainda vive só nas canções emitiu recentemente uma proclamação que o sacerdote lê diante do altar. Batalhas da nossa história mais remota só agora são travadas, e o vizinho com o rosto inflamado invade a sua casa levando a notícia. As mulheres dos imperadores, superalimentadas em almofadas de seda, distanciadas dos nobres costumes por cortesãos astutos, inchadas pela ambição de poder, excitadas pela cobiça, esparramadas na volúpia, continuam a perpetrar de novo os seus delitos. Quanto mais tempo passou, tanto mais assustadoras brilham todas as cores, e é com alta lamúria que a aldeia um dia vem a saber que faz milênios uma imperatriz bebeu em largos tragos o sangue do seu marido.

Assim pois o povo se comporta com os senhores do passado, mas os do presente ele mistura com os mortos. Se uma vez, uma vez numa existência, um funcionário imperial que percorre a província chega por casualidade à nossa aldeia, levanta certas exigências em nome dos governantes, examina as listas de impostos, assiste às aulas na escola, interroga o sacerdote sobre as nossas atividades e depois, antes de subir à sua liteira, resume tudo em longas admoestações à comunidade convocada, aí então um sorriso atravessa todos os rostos, um olha dissimuladamente para o outro e se inclina para as crianças a fim de não ser observado pelo funcionário. Como — é o que se pensa — ele fala de um morto como se fosse uma pessoa viva? Esse imperador já morreu há muito tempo, a dinastia está extinta, o senhor funcionário faz troça de nós, mas agimos como se não o notássemos para não melindrá-lo. Mas a sério só obedecemos ao nosso atual senhor, pois tudo o mais seria pecado. E, atrás da liteira do funcionário que dali parte, alguém que voluntariamente se ergue de uma urna já em ruínas marcha batendo os pés no chão como o senhor da aldeia.

De maneira semelhante as pessoas entre nós são em regra pouco afetadas pelas revoluções de Estado e pelas guerras contemporâneas. Lembro-me aqui de um caso ocorrido na minha juventude. Numa província vizinha, mas assim mesmo muito distante, irrompeu um levante. Não me recordo mais das causas, aqui elas não têm importância. Causas para levantes se oferecem lá a cada nova manhã, trata-se de um povo agitado. Certa vez um mendigo que havia percorrido aquela província levou à casa de meu pai um panfleto dos revoltosos. Era justamente um dia de festa, os hóspedes enchiam nossos aposentos, no centro estava sentado o sacerdote, estudando o panfleto. De repente todos começaram a rir, no aperto o panfleto foi rasgado, o mendigo, que por certo já tinha sido fartamente presenteado, foi posto para fora da sala aos empurrões, todos se dispensaram e correram para desfrutar o belo dia. Por quê? O dialeto da província vizinha é essencialmente diverso do nosso e isso também se expressa em certas formas da linguagem escrita, que para nós têm um caráter arcaico. Então, mal o sacerdote tinha lido duas páginas assim, o assunto já estava decidido. Coisas antigas, ouvidas havia muito, muito tempo e havia muito tempo superadas. E no entanto — é o que me parece na lembrança — a vida cruel falou de forma irrefutável pelo mendigo, as pessoas sacudiram sorrindo a cabeça e não quiseram ouvir mais nada. A tal ponto entre nós elas estão dispostas a apagar o presente.

Se desses fenômenos se quisesse concluir que no fundo nós não temos nenhum imperador, não se estaria muito longe da verdade. Tenho de repetir sempre: talvez não haja no sul um povo mais fiel ao imperador do que o nosso, mas a fidelidade não reverte em benefício do imperador. De fato o dragão sagrado está na pequena coluna à saída da aldeia, soprando desde tempos imemoriais, em sinal de homenagem, o hálito de fogo na direção de Pequim — mas a própria Pequim é muito mais estranha às pessoas da aldeia do que a vida no além. Será que realmente existe uma aldeia onde uma casa se ergue ao lado da outra, cobrindo os campos numa extensão maior do que a nossa vista alcança, e que entre essas casas dia e noite se aperta um monte de gente? Para nós é mais fácil imaginar uma cidade assim do que acreditar que Pequim e seu imperador sejam uma coisa só, algo como uma nuvem vagueando tranquila sob o sol no decurso dos tempos.

Ora, a consequência dessas opiniões é uma vida de certo modo livre e sem constrangimentos. De maneira alguma imoral; uma pureza moral como esta da minha terra natal eu raramente encontrei em minhas viagens. — Mas é decerto uma vida que não está sujeita a nenhuma lei atual e que só obedece às instruções e advertências que chegam a nós vindas dos velhos tempos.

Previno-me contra generalizações e não afirmo que é assim em todas as dez mil aldeias da nossa província ou mesmo em todas as quinhentas províncias da China. Mas talvez eu possa muito bem dizer, com base nos muitos escritos que li sobre esse assunto, bem como nas minhas próprias observações — sobretudo durante a construção da muralha, o material humano deu às pessoas sensíveis a oportunidade de viajarem pelas almas de quase todas as províncias —, com base em tudo isso talvez eu possa dizer que a concepção que domina em relação ao imperador mostra sempre e por toda parte uma certa característica em comum com a atitude da minha aldeia. Não quero porém de forma alguma fazer essa concepção valer como virtude, pelo contrário. Na verdade, o principal culpado por ela é o governo, que, no mais antigo reinado da Terra, até hoje não foi capaz — ou então negligenciou isso em nome de outras coisas — de desenvolver a instituição do império a uma clareza tal que ele produza efeito nas mais distantes fronteiras do reino de um modo imediato e ininterrupto. Mas por outro lado também existe aí uma fraqueza na capacidade de imaginação e crença do povo, que não consegue tirar o império da funda introspecção de Pequim e torná-lo inteiramente vivo e presente no peito dos seus súditos, que não querem nada melhor que sentir esse contato e sucumbir nele. Essa concepção portanto não é com certeza uma virtude. Tanto mais chama a atenção que precisamente essa fraqueza parece ser um dos mais importantes meios de união do nosso povo; sim, se for permitido que a audácia de expressão chegue a esse ponto, ela é literalmente o solo sobre o qual vivemos. Fundamentar aqui de maneira minuciosa uma censura não significa sacudir nossa consciência, mas, o que é muito pior, as nossas pernas. E por isso não quero por enquanto prosseguir mais na pesquisa dessa questão.

A BATIDA NO PORTÃO
DA PROPRIEDADE

Era no verão, um dia quente. No caminho para casa passei com minha irmã diante do portão de uma propriedade rural. Não sei se por travessura ou distração ela bateu no portão ou só ameaçou com o punho e não bateu. Cem passos à frente, na curva da estrada que vira à esquerda, começava a aldeia. Não a conhecíamos, mas logo depois da primeira casa saíram pessoas e acenaram para nós, amistosamente ou advertindo — elas mesmas assustadas, curvadas de medo. Apontavam para a propriedade diante da qual havíamos passado e nos lembravam da batida no portão. Os proprietários vão nos denunciar, logo terá início o inquérito. Eu estava muito calmo e tranquilizei também minha irmã. Provavelmente ela não tinha dado nenhuma batida e, caso o tivesse feito, em parte alguma do mundo poderiam prová-lo. Tentei tornar isso compreensível até às pessoas à nossa volta, elas me escutaram mas abstiveram-se de fazer um julgamento. Mais tarde disseram que não só minha irmã como também eu, na qualidade de irmão, iríamos ser acusados. Acenei a cabeça sorrindo. Nós todos voltamos o olhar para o pátio da propriedade, da mesma maneira que se observa uma nuvem de fumaça distante, esperando a chama. E realmente logo vimos cavaleiros entrarem pelo portão escancarado. A poeira ergueu-se, cobrindo tudo, só as pontas das altas lanças reluziam. E, mal tinha desaparecido do pátio, a tropa parecia ter mudado o rumo dos cavalos avançando em nossa direção. Forcei minha irmã a ir embora, vou pôr tudo a limpo sozinho. Ela se recusou a me deixar só. Eu disse que devia pelo menos trocar de roupa para se apresentar mais bem-vestida diante dos senhores. Finalmente ela obedeceu e começou o longo caminho para casa. Os cavaleiros já estavam junto a nós e, antes de descerem dos cavalos, perguntaram por minha irmã. No momento ela não está aqui, foi a resposta receosa, mas virá mais tarde. A resposta foi recebida quase com indiferença; parecia importante acima de tudo que eles haviam me encontrado. Eram principalmente dois senhores: o juiz, um homem jovem e vivaz, e seu silencioso ajudante, a quem chamavam de Assmann. Fui intimado a entrar no saguão dos camponeses. Devagar, balançando a cabeça, ajustando as calças, me pus em movimento sob os olhares penetrantes dos senhores. Eu ainda praticamente acreditava que bastava uma palavra para, habitante da cidade, me livrar, até com homenagens, daqueles camponeses. Mas, quando havia ultrapassado a soleira da porta, o juiz, que saltara à frente e me esperava, disse:

— Este homem me dá pena.

Estava acima de qualquer dúvida, porém, que com isso ele não se referia ao meu estado atual e sim àquilo que iria acontecer comigo. A sala era mais parecida com uma cela de prisão do que com um salão de hóspedes de camponeses. Grandes lajes de pedra, parede escura, totalmente nua, em alguma parte dela fixado um anel de ferro, no meio algo que era metade catre, metade mesa de operação.

Será que eu ainda poderia fruir outro ar que não fosse o da prisão? Essa é a grande pergunta, ou antes: seria, se eu ainda tivesse qualquer perspectiva de ser libertado.

O VIZINHO

Meu estabelecimento está inteiramente nos meus ombros. Duas moças com máquinas de escrever e livros de contabilidade na antessala, minha sala com escrivaninha, caixa, mesa de reuniões, poltronas de couro, telefone — é essa toda a minha aparelhagem de trabalho. Tão simples de supervisionar, tão fácil de dirigir. Sou muito novo e os negócios correm em direção a mim. Não me queixo, não me queixo.

Desde o Ano-Novo um jovem alugou sem vacilar o pequeno e vazio apartamento vizinho que eu, inabilmente, por tanto tempo hesitei em alugar. Tem também uma sala com antessala e além disso uma cozinha. — Da sala e da antessala eu bem que podia precisar — as duas moças já se sentiam às vezes sobrecarregadas —, mas para que ia me servir a cozinha? Essa consideração mesquinha foi a culpada por eu ter deixado de ficar com o apartamento. Agora está instalado lá esse jovem senhor. Seu nome é Harras. O que ele realmente faz naquele lugar eu não sei. Na porta está escrito: "Harras, Escritório". Colhi informações, comunicaram-me que é um negócio semelhante ao meu. No que se refere à concessão de crédito, não há por que advertir abertamente contra isso, pois se trata, na verdade, de um jovem ambicioso cujo empreendimento talvez tenha futuro, mas não se deve aconselhar abertamente o crédito, pois no momento atual, segundo todas as aparências, não existem recursos de capital. A informação habitual que se dá quando não se sabe nada.

Algumas vezes encontro Harras na escada, deve estar sempre com uma pressa extraordinária, literalmente desliza por mim. De uma forma precisa eu ainda não o vi, ele está sempre com a chave do escritório na mão, preparada. Neste instante já abriu a porta. Escorregou para dentro como a cauda de um rato e lá estou de novo diante da placa "Harras, Escritório" que já li muito mais vezes do que ela merece.

As paredes miseravelmente finas, que denunciam o homem de atividade honrada, escondem, no entanto, o desonesto. Meu telefone está instalado na parede da sala que me separa do vizinho. Realço isso apenas como fato particularmente irônico. Mesmo que estivesse pendurado na parede oposta seria possível ouvir tudo no aposento contíguo. Já me desabituei a dizer o nome dos clientes pelo telefone. Mas evidentemente não é preciso ter muita astúcia para adivinhar o nome a partir das expressões características porém inevitáveis da conversa. — Algumas vezes, picado pela intranquilidade, o fone no ouvido, danço na ponta dos pés em volta do aparelho e no entanto não posso evitar que os segredos sejam entregues.

Naturalmente minhas decisões comerciais se tornam com isso incertas, e minha voz, trêmula. O que

Harras faz enquanto telefono? Se eu quisesse exagerar muito — frequentemente é necessário fazer isso para se chegar à clareza — poderia dizer: Harras não precisa de telefone, ele usa o meu, empurrou o canapé contra a parede e fica escutando; eu, pelo contrário, tenho de correr para o telefone quando ele toca, para atender aos desejos dos clientes, tomar decisões de peso, desenvolver persuasões de grande porte — mas acima de tudo dar involuntariamente sobre o conjunto notícia a Harras através da parede.

Talvez ele nem espere o fim da conversa, mas levanta-se logo depois daquele ponto em que ela o esclareceu o suficiente sobre o caso e desliza, como é seu costume, pela cidade: antes que eu coloque o fone no gancho, ele talvez já esteja trabalhando contra mim.

UM CRUZAMENTO

Tenho um animal singular, metade gatinho, metade cordeiro. É uma herança dos bens do meu pai. Mas ele só se desenvolveu depois de ficar comigo, antes era muito mais cordeiro que gatinho. Agora no entanto possui, sem dúvida, características iguais dos dois. Do gato, cabeça e garras; do cordeiro, tamanho e forma; de ambos, os olhos, que são flamejantes e selvagens; o pelo, macio e aderente à pele; os movimentos, que tanto podem ser pulos como gestos furtivos. Ao sol, no parapeito da janela, enrodilha-se e ronrona; no prado corre como um louco e quase não se pode apanhá-lo. Dos gatos ele foge, os cordeiros ele quer atacar. Nas noites de lua, seu caminho preferido são os telhados. Não sabe miar e tem repulsa pelas ratazanas. Pode ficar horas espreitando ao lado do galinheiro, mas até agora nunca aproveitou uma oportunidade para matar.

Alimento-o com leite doce, é a coisa que mais aprecia: sorve-o em tragos compridos através dos seus dentes de fera. Naturalmente, ele é um grande espetáculo para crianças. O horário de visita é domingo à tarde. Ponho o bichinho no colo, e as crianças de toda a vizinhança ficam em pé ao meu redor. Fazem-se então as perguntas mais incríveis, que ninguém é capaz de responder — por que existe um animal assim, por que justamente eu o possuo, se já houve antes dele um bicho como aquele e como vai ser depois da sua morte; se ele se sente sozinho, porque não tem filhotes, como é seu nome e daí por diante.

Não faço esforço para responder, mas me limito a mostrar o que tenho sem maiores explicações. Às vezes as crianças trazem gatos consigo, uma ocasião chegaram a trazer até dois cordeiros. Ao contrário porém de suas expectativas, não aconteceram cenas de reconhecimento. Os animais miraram-se com seus olhos de bicho e o manifesto é que aceitavam a existência uns dos outros como um fato disposto por Deus.

No meu colo o animal não conhece nem medo nem desejo de caçar. É aninhado em mim que ele se sente melhor. Apega-se à família que o criou. Certamente não se trata de nenhuma fidelidade excepcional, mas do instinto seguro de um animal que tem na Terra inúmeros seres aparentados, embora talvez nenhum parente de sangue, para o qual, por esse motivo, é sagrada a proteção que encontrou em nós.

Muitas vezes tenho de rir quando me fareja, desliza entre minhas pernas e não há como apartá-lo de mim. Não contente com o fato de que é cordeiro e gato, quase quer ser, ainda por cima, um cachorro. — Certa vez, quando eu, como pode suceder com qualquer um, estava num beco sem saída nos meus negócios e em todas as coisas que lhes dizem respeito, querendo abandonar tudo, sentado em casa, nesse estado, na cadeira de balanço, o animal no colo, ao baixar casualmente a vista, notei que dos pelos imensos da sua barba gotejavam lágrimas. Eram minhas, eram dele? Será que aquele gato com alma de cordeiro tinha também ambições humanas? — Não herdei muita coisa de meu pai, mas esta parte da herança é algo que conta.

Ele tem dentro de si as inquietações de ambos — as do gato e as do cordeiro, por mais diferentes que sejam. Por isso não está à vontade na própria pele. Às vezes salta para a poltrona ao meu lado, afunda as patas das pernas dianteiras no meu ombro e conserva o focinho junto ao meu ouvido. É como se dissesse algo, e de fato, depois, inclina-se e me olha no rosto para observar a impressão que a mensagem causou em mim. Para ajudá-lo, faço como se tivesse entendido alguma coisa e aceno com a cabeça. Ele então salta para o chão e saracoteia em torno de mim.

Talvez uma solução para esse animal fosse a faca do açougueiro, mas tenho de recusá-la por ser ele uma herança minha. É necessário, pois, esperar que o alento que o anima desapareça espontaneamente, por mais que me fite com sensatos olhos humanos que incitam um ato de sensatez.

UMA CONFUSÃO COTIDIANA

Um incidente cotidiano: suportá-lo, uma confusão cotidiana. A precisa fechar com B, de H, um negócio importante. Vai a H para uma conversa prévia, percorre o caminho de ida e o de volta em dez minutos cada, e em casa se gaba dessa particular rapidez. No dia seguinte vai de novo a H, desta vez para o fechamento definitivo do negócio. Tendo em vista que este, segundo as previsões, exigirá várias horas, A parte de manhã bem cedo. Mas embora todas as circunstâncias — pelo menos na opinião de A — sejam exatamente as mesmas do dia anterior, dessa vez ele precisa de dez horas para fazer o caminho até H. Quando chega lá à noite, exausto, dizem-lhe que B, irritado com o não comparecimento de A, tinha ido fazia meia hora para a aldeia de A e que na verdade deveriam ter-se encontrado no caminho. Aconselham A a esperar. Mas A, angustiado com a realização do negócio, parte imediatamente e vai às pressas para casa.

Dessa vez, sem prestar atenção especial nisso, percorre o caminho em não mais que um instante. Em casa fica sabendo que de fato B tinha chegado muito cedo

— logo depois da partida de A; na realidade tinha encontrado A na porta da casa, o havia lembrado do negócio, mas A dissera que agora não tinha tempo, que precisava partir a toda.

Apesar do comportamento incompreensível de A, no entanto, B ficara ali, esperando A. Já havia perguntado várias vezes se A ainda não tinha voltado, mas ainda estava lá em cima, no quarto de A. Feliz com o fato de agora poder falar com B e de poder explicar-lhe tudo, A sobe correndo a escada. Já está quase no alto quando tropeça, distende um tendão e, praticamente desmaiado de dor, incapaz até de gritar, apenas gemendo no escuro, ele ouve B — impossível distinguir se a grande distância ou bem ao seu lado — descer a escada batendo os pés, furiosos, e desaparecer para sempre.

A VERDADE SOBRE SANCHO PANÇA

Sancho Pança, que por sinal nunca se vangloriou disso, no curso dos anos conseguiu, oferecendo-lhe inúmeros romances de cavalaria e de salteadores nas horas do anoitecer e da noite, afastar de si o seu demônio — a quem mais tarde deu o nome de D. Quixote — de tal maneira que este, fora de controle, realizou os atos mais loucos, os quais no entanto, por falta de um objeto predeterminado — que deveria ser precisamente Sancho Pança —, não prejudicaram ninguém. Sancho Pança, um homem livre, acompanhou imperturbável, talvez por um certo senso de responsabilidade, D. Quixote nas suas sortidas, retirando delas um grande e proveitoso divertimento até o fim de seus dias.

O SILÊNCIO DAS SEREIAS

Prova de que até meios insuficientes — infantis mesmo — podem servir à salvação:

Para se defender das sereias, Ulisses tapou os ouvidos com cera e se fez amarrar ao mastro. Naturalmente — e desde sempre — todos os viajantes poderiam ter feito coisa semelhante, exceto aqueles a quem as sereias já atraíam à distância; mas era sabido no mundo inteiro que isso não podia ajudar em nada. O canto das sereias penetrava tudo, e a paixão dos seduzidos teria rebentado mais que cadeias e mastro. Ulisses porém não pensou nisso, embora talvez tivesse ouvido coisas a esse respeito. Confiou plenamente no punhado de cera e no molho de correntes e, com alegria inocente, foi ao encontro das sereias levando seus pequenos recursos.

As sereias entretanto têm uma arma ainda mais terrível que o canto: o seu silêncio. Apesar de não ter acontecido isso, é imaginável que talvez alguém tenha escapado ao seu canto; mas do seu silêncio certamente não. Contra o sentimento de tê-las vencido com as próprias forças e contra a altivez daí resultante — que tudo arrasta consigo — não há na terra o que resista.

E de fato, quando Ulisses chegou, as poderosas cantoras não cantaram, seja porque julgavam que só o silêncio poderia ainda conseguir alguma coisa desse adversário, seja porque o ar de felicidade no rosto de Ulisses — que não pensava em outra coisa a não ser em cera e correntes — as fez esquecer de todo e qualquer canto.

Ulisses no entanto — se é que se pode exprimir assim — não ouviu o seu silêncio, acreditou que elas cantavam e que só ele estava protegido contra o perigo de escutá-las. Por um instante, viu os movimentos dos pescoços, a respiração funda, os olhos cheios de lágrimas, as bocas semiabertas, mas achou que tudo isso estava relacionado com as árias que soavam inaudíveis em torno dele. Logo, porém, tudo deslizou pelo seu olhar dirigido para a distância, as sereias literalmente desapareceram diante da sua determinação, e, quando ele estava no ponto mais próximo delas, já não as levava em conta.

Mas elas — mais belas do que nunca — esticaram o corpo e se contorceram, deixaram o cabelo horripilante voar livre no vento e distenderam as garras sobre os rochedos. Já não queriam seduzir, desejavam apenas capturar, o mais longamente possível, o brilho do grande par de olhos de Ulisses.

Se as sereias tivessem consciência, teriam sido então aniquiladas. Mas permaneceram assim, e só Ulisses escapou delas.

De resto, chegou até nós mais um apêndice. Diz-se que Ulisses era tão astucioso, uma raposa tão ladina, que mesmo a deusa do destino não conseguia devassar seu íntimo. Talvez ele tivesse realmente percebido —

embora isso não possa mais ser captado pela razão humana — que as sereias haviam silenciado e se opôs a elas e aos deuses usando por assim dizer como escudo o jogo de aparências acima descrito.

PROMETEU

Sobre Prometeu dão notícia quatro lendas:

Segundo a primeira, ele foi acorrentado no Cáucaso porque havia traído os deuses aos homens, e os deuses remeteram águias que devoravam seu fígado que crescia sem parar.

De acordo com a segunda, Prometeu, por causa da dor causada pelos bicos que o picavam, comprimiu-se cada vez mais fundo nas rochas até se confundir com elas.

Segundo a terceira, no decorrer dos milênios sua traição foi esquecida, os deuses se esqueceram, as águias se esqueceram, ele próprio se esqueceu.

Segundo a quarta, todos se cansaram do que havia se tornado sem fundamento. Os deuses se cansaram, as águias se cansaram, a ferida, cansada, fechou-se.

Restou a cadeia inexplicável de rochas. A lenda tenta explicar o inexplicável. Uma vez que emerge de um fundo de verdade, ela precisa terminar de novo no que não tem explicação.

O BRASÃO DA CIDADE

No início tudo estava numa ordem razoável na construção da Torre de Babel; talvez a ordem fosse até excessiva, pensava-se demais em sinalizações, intérpretes, alojamentos de trabalhadores e vias de comunicação como se à frente houvesse séculos de livres possibilidades de trabalho. A opinião reinante na época chegava ao ponto de que não se podia trabalhar com lentidão suficiente, ela não precisava ser muito enfatizada para que se recuasse assustado ante o pensamento de assentar os alicerces. Argumentava-se da seguinte maneira: o essencial do empreendimento todo é a ideia de construir uma torre que alcance o céu. Ao lado dela tudo o mais é secundário. Uma vez apreendida na sua grandeza, essa ideia não pode mais desaparecer; enquanto existirem homens, existirá também o forte desejo de construir a torre até o fim. Mas nesse sentido não é preciso se preocupar com o futuro; pelo contrário, o conhecimento da humanidade aumenta, a arquitetura fez e continuará fazendo mais progressos, um trabalho para o qual necessitamos de um ano será dentro de cem anos realizado talvez em meio e além disso melhor, com mais consistência. Por que então se esforçar ainda hoje até o limite das energias? Isso só teria sentido se fosse possível construir a torre no espaço de uma geração. Mas não se pode de modo algum esperar isso. Era preferível pensar que a geração seguinte, com o seu saber aperfeiçoado, achará mau o trabalho da geração precedente e arrasará o que foi construído, para começar de novo. Esses pensamentos tolhiam as energias e, mais do que com a construção da torre, as pessoas se preocupavam com a construção da cidade dos trabalhadores. Cada nacionalidade queria ter o alojamento mais bonito; resultaram daí as disputas que evoluíram até lutas sangrentas. Essas lutas não cessaram mais; para os líderes elas foram um novo argumento no sentido de que, por falta da concentração necessária, a torre deveria ser construída muito devagar ou de preferência só depois do armistício geral. As pessoas porém não ocupavam o tempo apenas com batalhas; nos intervalos embelezava-se a cidade, o que entretanto provocava nova inveja e novas lutas. Assim passou o tempo da primeira geração, mas nenhuma das seguintes foi diferente; sem interrupção só se intensificava a destreza e com ela a belicosidade. A isso se acrescentou que já a segunda ou terceira geração reconheceu o sem sentido da construção da torre do céu, mas já estavam todos muito ligados entre si para abandonarem a cidade.

Tudo o que nela surgiu de lendas e canções está repleto de nostalgia pelo dia profetizado em que a cidade será destroçada por um punho gigantesco com cinco golpes em rápida sucessão. Por isso a cidade também tem um punho no seu brasão.

POSÊIDON

Posêidon estava sentado à sua escrivaninha e fazia contas. A administração de todas as águas dava-lhe um trabalho interminável. Poderia ter quantos auxiliares quisesse, possuía muitos, aliás; mas, uma vez que levava muito a sério seu ofício, revia mais uma vez tudo e sendo assim os auxiliares o ajudavam pouco. Não se pode dizer que o trabalho o alegrasse; na verdade ele o realizava só porque lhe fora imposto; já havia solicitado muitas vezes tarefas mais prazerosas, conforme se expressava; mas, sempre que lhe faziam propostas diferentes, era manifesto que nada o agradava tanto quanto o cargo que até então ocupara. Era muito difícil, além disso, encontrar outra coisa para ele. Com efeito, era impossível atribuir-lhe algo como um determinado mar; sem mencionar que, neste caso, o trabalho de calcular não seria apenas maior, mas também mesquinho, o grande Posêidon só podia receber um posto que fosse dominante. E, se lhe ofereciam um ofício fora da água, sentia-se mal só com a ideia: seu alento divino se descontrolava, o tórax de bronze oscilava. De resto, não levavam realmente a sério as queixas que fazia; quando um poderoso importuna, é preciso dar a impressão de tentar ceder mesmo nas questões mais sem perspectiva: ninguém pensava em remover de fato Posêidon do seu posto; desde o início mais remoto tinha sido destinado a ser o rei dos mares e assim devia permanecer. O que mais o irritava — e essa era a causa principal de sua insatisfação com o cargo — era escutar as imagens que faziam dele como, por exemplo, ele dirigindo sem parar sobre as ondas com o tridente. Enquanto isso Posêidon estava sentado nas profundezas dos mares do mundo, fazendo contas ininterruptamente; de vez em quando uma viagem para se encontrar com Júpiter era a única quebra da monotonia — viagem, por sinal, de que na maioria das vezes voltava furioso. Assim é que mal tinha visto os mares: só fugazmente, durante a célere ascensão ao Olimpo, sem nunca os ter efetivamente atravessado. Costumava dizer que ia esperar o fim do mundo, aí então se produziria com certeza um segundo de tranquilidade, no qual ele, bem próximo ao fim, depois de revisar o último cálculo, poderia ainda dar, rapidamente, um pequeno giro por tudo.

COMUNIDADE

Somos cinco amigos, certa vez saímos um atrás do outro de uma casa, logo de início saiu o primeiro e se pôs ao lado do portão da rua, depois saiu o segundo, ou melhor: deslizou leve como uma bolinha de mercúrio, pela porta, e se colocou não muito distante do primeiro, depois o terceiro, em seguida o quarto, depois o quinto. No fim estávamos todos formando uma fila, em pé. As pessoas voltaram a atenção para nós, apontaram-nos e disseram: "Os cinco acabam de sair daquela casa". Desde então vivemos juntos; seria uma vida pacífica se um sexto não se imiscuísse sempre. Ele não nos faz nada, mas nos aborrece, e isso basta: por que é que ele se intromete à força onde não querem saber dele? Não o conhecemos e não queremos acolhê-lo. Nós cinco também não nos conhecíamos antes e, se quiserem, ainda agora não nos conhecemos um ao outro; mas o que entre nós cinco é possível e tolerado não o é com o sexto. Além do mais somos cinco e não queremos ser seis. E se é que esse estar junto constante tem algum sentido, para nós cinco não tem, mas agora já estamos reunidos e vamos ficar assim; não queremos, porém, uma nova união justamente com base nas nossas experiências. Mas como é possível tornar tudo isso claro ao sexto? Longas explicações significariam, em nosso círculo, quase uma acolhida, por isso preferimos não explicar nada e não o acolhemos. Por mais que ele torça os lábios, nós o repelimos com o cotovelo; no entanto, por mais que o afastemos, ele volta sempre.

À NOITE

Afundado na noite. Como alguém que às vezes baixa a cabeça para meditar, totalmente afundado na noite. Em torno as pessoas dormem. Uma pequena encenação, um inocente autoengano de que dormem em casas, em camas firmes, sob o teto sólido, estirados ou encolhidos sobre colchões, em lençóis, sob cobertas, na realidade reuniram-se como outrora e mais tarde, em região deserta, um acampamento ao ar livre, um número incalculável de pessoas, um exército, um povo, sob o céu frio, na terra fria, estendidos onde antes estavam em pé, a testa premida sobre o braço, o rosto voltado para o chão, respirando tranquilamente. E você vigia, é um dos vigias, descobre o mais próximo pela agitação da madeira em brasa no monte de galhos secos ao seu lado. Por que você vigia? Alguém precisa vigiar, é o que dizem. Alguém precisa estar aí.

A RECUSA

Nossa cidadezinha não fica, por certo, situada nem de longe na fronteira; para chegar à fronteira a distância é tão grande que talvez ninguém aqui do lugarejo tenha estado lá: é preciso atravessar planaltos desérticos, mas também amplas terras férteis. A pessoa fica cansada só de imaginar uma parte do caminho, e mais que uma parte é algo que não pode nem imaginar. No percurso também há grandes cidades, muito maiores que nossa pequena cidadezinha. Dez cidadezinhas dessas, colocadas umas ao lado das outras, e dez outras impostas de cima para baixo não dão como resultado nenhuma dessas cidades grandes e apertadas. Se a pessoa não se perde no caminho, então ela se perde, sem dúvida, nas cidades, e desviar-se delas é impossível, por causa do seu tamanho.

Mas, quando se quer comparar tais distâncias, elas acabam sendo ainda mais longas da que vai até a fronteira — é como se alguém dissesse que um homem de trezentos anos é mais velho do que um de duzentos —; de modo que a distância do nosso povoado até a capital é maior ainda do que até a fronteira. Ao passo que, de vez em quando, nos inteiramos das guerras limítrofes, da capital não ficamos sabendo nada — refiro-me a nós, cidadãos comuns, pois com certeza os funcionários do governo têm boas conexões com a capital; em dois, três meses, eles podem receber de lá uma notícia — pelo menos é o que afirmam.

E em tudo isso é curioso — e volto sempre a me assombrar com o fato — como, em nossa pequena cidade, nos submetemos tranquilamente a todas as coisas que são ordenadas da capital. Faz séculos que não se produz entre nós nenhuma mudança política partida dos próprios cidadãos. Na capital os altos mandatários são substituídos uns pelos outros, até mesmo dinastias são extintas ou depostas e novas começaram; no século passado a própria capital foi destruída, fundada outra longe dela; mais tarde também esta última foi destruída e a velha reerguida, e isso, na verdade, não teve influência alguma em nossa pequena cidade. Nossos funcionários sempre estiveram em seus postos, os mais graduados vieram da capital, os médios pelo menos de fora, os mais baixos do nosso meio e assim permaneceu e desse modo nos satisfez. O mais alto funcionário é o arrecadador-mor de impostos, tem a patente de um coronel e desse modo é chamado. Hoje é um homem idoso, mas eu o conheço faz anos, pois já na minha infância ele era coronel; teve a princípio uma carreira muito rápida, parece porém que ela estancou; para nosso povoado, no entanto, seu nível basta, uma patente mais elevada nós não seríamos absolutamente capazes de absorver. Quando tento imaginá-lo, vejo-o sentado na varanda de sua casa na praça do mercado, inclinado para trás, o cachimbo na boca. Sobre ele ondula ao vento, no teto, a bandeira do reino, dos lados da varanda, que é tão grande que ali, às vezes, têm lugar também pequenos exercícios militares e as roupas ficam estendidas para secar. Seus netos, vestidos com belas roupas de seda, brincam em volta dele; não têm permissão para descer à praça do mercado, as outras crianças não são dignas deles, mas a praça os atrai e pelo menos as cabeças eles enfiam entre os balaústres do balcão e, quando as outras crianças brigam embaixo, elas também brigam em cima.

Esse coronel portanto domina a cidade. Acredito que não apresentou a ninguém, ainda, um documento que lhe dê direito a isso. Certamente ele não tem nenhum documento dessa natureza. Talvez seja realmente um arrecadador-mor de impostos. Mas isso é tudo? Isso o autoriza a mandar também em todas as áreas da administração? Seu posto é muito importante para o Estado, mas para o cidadão não é, decerto, o mais relevante. Entre nós tem-se quase a impressão de que as pessoas dizem: "Agora que você tomou tudo o que nós tínhamos, por favor leve-nos também". Pois efetivamente ele não arrebatou para si a autoridade, nem é um tirano. O que ocorre é que desde os velhos tempos o arrecadador-mor é o primeiro funcionário, e o coronel se submete a essa tradição do mesmo modo que nós.

Mas, embora ele de fato viva entre nós sem distinções excessivas de dignidade, é sem dúvida muito diferente dos cidadãos comuns. Quando uma delegação se apresenta levando um pedido, ele se planta ali como a muralha do mundo. Não existe nada atrás dele, a pessoa imagina estar ouvindo vozes sussurrarem ao fundo, mas trata-se provavelmente de um engano, afinal ele significa, pelo menos para nós, o encerramento do todo. É preciso tê-lo visto nessas recepções. Quando eu era criança estive uma vez presente no momento em que uma delegação de cidadãos pediu-lhe ajuda do governo, pois o bairro mais pobre da cidade tinha sido totalmente destruído pelo fogo. Meu pai, o ferreiro, é um homem respeitado na comunidade, era membro da delegação e me levara consigo. Não é nada de extraordinário, todo mundo se apinha para ver um espetáculo desses, mal se reconhece a delegação propriamente dita no meio da multidão; uma vez que essas recepções têm lugar geralmente na varanda, há pessoas que sobem da praça por escadas e participam dos eventos lá em cima ultrapassando a amurada. Naquela ocasião as coisas estavam dispostas de tal forma que cerca de um quarto da varanda ficou reservado a ele e a parte restante foi ocupada pela multidão. Alguns soldados vigiavam tudo, formando um semicírculo em volta dele. No fundo teria sido suficiente um soldado para tudo isso, tamanho é o medo deles entre nós. Não sei exatamente de onde vêm esses soldados, seja como for de muito longe, são todos muito parecidos uns com os outros, não teriam nem mesmo necessidade de um uniforme. São homens pequenos, nada fortes, mas ágeis; o que mais chama atenção neles é a poderosa dentadura, que literalmente enche demais a boca, e um certo relampejar inquieto dos seus olhos pequenos e apertados. Por essas duas razões são o terror das crianças, embora também sua diversão, pois elas querem sem parar ficar assustadas com essas dentaduras e esses olhos para depois saírem correndo desesperadas. Esse susto da infância provavelmente não se perde também entre os adultos, pelo menos seu efeito continua agindo. Acresce ainda, com certeza, alguma coisa mais. Os soldados falam um dialeto totalmente incompreensível para nós, praticamente não conseguem se acostumar ao nosso e o resultado disso, entre eles, é um certo recolhimento, uma inacessibilidade que, além do mais, corresponde ao seu caráter, tão quietos, sérios e rígidos eles são; na realidade não fazem nenhum mal, e no entanto, num mau sentido, são quase intragáveis. Por exemplo, um soldado entra numa loja, compra uma ninharia e fica ali em pé, inclinado sobre o balcão; ouve as conversas, provavelmente não as entende, mas a aparência é de que as compreende; ele mesmo não diz uma palavra, fica só olhando fixamente para quem fala, depois, por sua vez, para aqueles que ouvem, segurando o punho da faca comprida no seu cinturão. É abominável, perde-se a vontade de ficar conversando, a loja se esvazia e só quando está completamente sem ninguém o soldado também vai embora. Portanto, nos lugares onde os soldados aparecem, nosso povo vivaz fica em silêncio. Assim também era antes. Em todas as ocasiões festivas o coronel ficava reto e em pé, segurando com as mãos estendidas duas longas varas de bambu. É um velho costume que significa algo como: assim ele apoia a lei e assim ela também o apoia. Ora, todo mundo sabe o que o espera lá em cima na varanda e no entanto o costume é amedrontar-se de novo, sem cessar; outrora a pessoa designada para discursar não queria começar, já estava parada diante do coronel, mas depois a coragem a abandonava e ela recuava abrindo caminho novamente, em meio a desculpas variadas, rumo à multidão. Por outro lado também não se encontrava ninguém que já estivesse capacitado a falar — entre os não capacitados apresentavam-se alguns, de algum modo —; era uma grande confusão e enviavam-se mensageiros a diversos cidadãos, oradores conhecidos. Durante todo esse tempo o coronel permanecia ali imóvel, só se fazia notar a respiração pelo peito que descia. Não que ele tivesse alguma dificuldade para respirar, sua respiração era extremamente visível, como — por exemplo — respiram os sapos, só que estes agem sempre assim, e o coronel apenas em condições excepcionais. Esgueirei-me entre os adultos e observei-os pela fresta entre dois soldados, até que um deles me empurrou com o joelho. Nesse ínterim a pessoa originariamente escalada para ser o orador recompôs-se e, apoiada com firmeza por dois concidadãos, proferiu o discurso. Era comovente ver como ele, durante essa alocução séria, que expunha uma grande desgraça, sorria sempre — um sorriso para desanimar qualquer um que se esforçasse inutilmente para provocar pelo menos uma leve reação no rosto do coronel. Finalmente ele formulou o pedido; acredito que pedia somente isenção de impostos por um ano; talvez também madeira de construção mais barata das florestas imperiais. Depois inclinou-se profundamente e permaneceu inclinado, do mesmo modo que todos os demais, com exceção do coronel, dos soldados e de alguns funcionários ao fundo. Para a criança era ridículo ver como os que estavam nas escadas que chegavam ao pavimento desciam alguns degraus para não ser vistos nessa pausa decisiva, apenas espionando curiosos, de tempos em tempos, o que se passava logo acima do chão da varanda. Isso durou algum tempo; depois um funcionário, um homem pequeno, colocou-se diante do coronel, tentando ficar à sua altura nas pontas dos pés; o alto mandatário, que continuava imóvel, exceção feita da respiração profunda, cochichou-lhe alguma coisa no ouvido, bateu palmas — momento em que todos se levantaram — e anunciou: "O pedido foi rejeitado. Afastem-se". Um sentimento inegável de alívio passou pela multidão, todos se apinharam na saída; praticamente ninguém mais prestava uma atenção especial no coronel, que se tornara de novo um homem como todos nós; só vi como efetivamente deixou cair, esgotado, as varas; afundou numa cadeira de encosto empurrada por um funcionário e enfiou, rápido, o cachimbo na boca.

Não se trata de um caso isolado, em geral é assim que as coisas se passam. Ocorre que, de vez em quando, são atendidos pequenos pedidos, mas é como se o coronel tivesse feito isso por conta própria, na qualidade de uma poderosa pessoa privada — certamente não de forma expressa, mas de acordo com o estado de ânimo — que precisava ficar em sigilo diante do governo. Ora, em nossa cidadezinha os olhos do coronel, até onde podemos julgar, são também os olhos do governo; mas aqui se faz uma diferença, na qual não é possível imiscuir-se integralmente.

Nas questões importantes, porém, os cidadãos estão

sempre certos de uma recusa. O curioso é que, de algum modo, não se pode viver sem essa recusa e neste caso o ato de ir atrás dela e apanhá-la não é, em absoluto, uma formalidade. De tempos em tempos vai-se até lá sério e cheio de expectativa e volta-se de algum modo não exatamente fortalecido e gratificado, embora também não decepcionado e desanimado. Não preciso me informar com ninguém sobre essas coisas, sinto-as em mim mesmo, como acontece a todos. Nem mesmo sinto uma certa curiosidade para pesquisar o contexto delas.

Seja como for, até onde chegam minhas observações, existe uma certa classe de adultos que não está satisfeita e compõe-se de moços entre dezessete e vinte anos. Ou seja, rapazes bem jovens, que não podem ter nem de longe a envergadura do pensamento mais insignificante, muito menos de um pensamento revolucionário. E é justamente entre eles que se infiltra o descontentamento.

SOBRE A QUESTÃO DAS LEIS

Nossas leis não são universalmente conhecidas, são segredo do pequeno grupo de nobres que nos domina. Estamos convencidos de que essas velhas leis são observadas com exatidão, mas é extremamente penoso ser governado segundo leis que não se conhecem. Não penso neste caso nas diferentes possibilidades de interpretá-las nem nas desvantagens que há quando apenas indivíduos e não o povo inteiro podem participar da sua interpretação. Talvez essas desvantagens não sejam tão grandes assim. As leis são de fato muito antigas, séculos trabalharam na sua exegese, certamente até essa interpretação já se tornou lei, na verdade continuam a existir as liberdades possíveis no ato de interpretar, mas elas são muito limitadas. Além do mais é evidente que a nobreza não tem motivo algum, na interpretação, para se deixar influenciar pelo interesse pessoal em detrimento do nosso, pois as leis foram desde o início assentadas para os nobres, a nobreza está fora da lei e precisamente por isso a lei parece ter sido posta com exclusividade nas mãos da nobreza. Naturalmente existe sabedoria nisso — quem duvida da sabedoria das velhas leis? —, mas é também um tormento para nós, provavelmente algo inevitável.

Aliás essas leis aparentes podem na realidade ser apenas presumidas. É uma tradição que elas existam e sejam confiadas à nobreza com um segredo, mas não se trata nem pode tratar-se de mais que uma tradição antiga e, por sua antiguidade, digna de fé, pois o caráter dessas leis exige também que se mantenha o segredo da sua existência. Mas se nós do povo acompanhamos com atenção desde os tempos mais remotos as ações da nobreza, possuímos a respeito delas registros dos nossos antepassados, demos a esses registros um prosseguimento consciencioso e acreditamos reconhecer nos inúmeros fatos certas normas que permitem concluir esta ou aquela determinação histórica, e se procuramos nos orientar um pouco por essas conclusões filtradas e ordenadas da forma mais cuidadosa em relação ao presente e ao futuro — então tudo isso é incerto e quem sabe somente um jogo mental, uma vez que essas leis, que aqui tentamos adivinhar, talvez não existam de maneira alguma. Há um pequeno partido que realmente pensa assim e busca provar que, se existe uma lei, ela só pode rezar o seguinte: o que a nobreza faz é lei. Esse partido vê apenas atos de arbítrio dos nobres e rejeita a tradição popular que, na sua opinião, só traz proveitos diminutos e casuais e na maior parte das vezes, pelo contrário, grave prejuízo, já que ela dá ao povo uma segurança falsa, enganosa, que leva à leviandade diante dos acontecimentos vindouros. Esse prejuízo não deve ser negado, mas a esmagadora maioria do nosso povo vê a causa disso no fato de a tradição ainda não ser nem de longe suficiente, havendo portanto necessidade de que muito mais nela seja pesquisado; de qualquer maneira, por mais gigantesco que pareça, seu material ainda é muito pequeno e séculos terão de passar antes que a tradição acumulada baste. O sombrio dessa perspectiva para o presente só é iluminado pela crença de que virá um tempo no qual — de certo modo com um suspiro — a tradição e o seu estudo chegarão ao ponto final, que tudo terá ficado claro, que a lei pertencerá ao povo e que a nobreza desaparecerá. Isso não é dito, porventura, com ódio da nobreza — em absoluto e por ninguém. Odiamos antes a nós mesmos porque ainda não podemos ser julgados dignos da lei. E na verdade foi por essa razão que aquele partido — muito sedutor em certo sentido —, que não acredita em nenhuma lei propriamente, permaneceu tão pequeno: porque também ele reconhece plenamente a nobreza e o seu direito à existência.

A rigor só é possível exprimi-lo numa espécie de contradição: um partido que rejeitasse, junto com a crença nas leis, também a nobreza, teria imediatamente o povo inteiro ao seu lado, mas um partido como esse não pode nascer porque ninguém ousa rejeitar a nobreza. É nesse fio da navalha que nós vivemos. Certa vez um escritor resumiu isso da seguinte maneira: a única lei visível e indubitavelmente imposta a nós é a nobreza — e será que queremos espontaneamente nos privar dela?

O RECRUTAMENTO DAS TROPAS

Os recrutamentos de tropas, que são necessários com frequência, pois as lutas de fronteira não cessam nunca, realizam-se da seguinte maneira:

Emite-se a ordem de que, num determinado dia, num determinado bairro da cidade, todos os habitantes — homens, mulheres, crianças, sem diferença alguma — devem permanecer em suas casas. Por volta do meio-dia, na maioria das vezes, surge na entrada do bairro, onde um destacamento de soldados da infantaria e cavalaria já está esperando desde o crepúsculo da manhã, o jovem nobre que deve proceder ao recrutamento. É um moço esguio, não muito alto, débil, vestido negligentemente, de olhos cansados; a inquietação percorre sem parar seu corpo, como os calafrios de um doente. Sem fitar ninguém, ele faz sinal com um chicote, que representa todo seu armamento; alguns soldados acercam-se dele e ele entra na primeira casa. Um soldado, que conhece pessoalmente todos os habitantes do bairro, lê a lista dos moradores. Em geral todos estão lá, se enfileiram na sala, fixam o olhar no nobre como se já fossem soldados. Mas pode também acontecer que aqui e ali esteja faltando alguém — são sempre, unicamente, os homens. Ninguém ousa, então, apresentar alguma desculpa, muito menos uma mentira; as pessoas silenciam, baixam os olhos, mal suportam a pressão da ordem transgredida naquela casa, mas a presença muda do nobre os conserva nos seus lugares. O nobre dá um sinal, não é nem mesmo um aceno de cabeça, só pode ser lido nos seus olhos, e dois soldados começam a procurar aquele que está faltando. Isso não dá trabalho algum. Ele nunca está fora de casa, nunca teve intenção de se esquivar realmente ao serviço militar, só não veio por medo, mas não é também o medo ao serviço que o detém; é simplesmente timidez de se mostrar: a ordem, para ele, é literalmente grande demais, aterradoramente grande, e ele não consegue vir por força própria. É por isso que não foge, apenas se esconde e, quando escuta que o nobre está na casa, sem dúvida desliza do seu esconderijo, desliza para a porta da sala e é apanhado imediatamente pelos soldados que estão saindo para buscá-lo. É conduzido para diante do nobre, que segura o chicote com as duas mãos — é tão frágil que não conseguiria nada com uma mão só — e açoita o homem. Grandes dores praticamente não provoca, pois deixa o chicote cair, metade por exaustão, metade por desagrado; o açoitado tem de erguê-lo do chão e entregá-lo. Só depois disso tem permissão para entrar na fila em que estão os outros; é quase certo, aliás, que não será considerado apto ao serviço. Mas ocorre ainda — e isso é cada vez mais frequente — que na casa há mais gente do que consta na lista. Uma jovem estranha ao bairro, por exemplo, está naquele lugar e fita o nobre; ela vem de fora, talvez da província, a convocação de tropas a atraiu. Há muitas mulheres que não podem resistir à atração de uma convocação estranha como esta, pois a que se realizou na sua terra tem um significado totalmente diverso. E é curioso: não é nada recriminável ver que uma mulher ceda a essa tentação; pelo contrário, é algo que, na opinião de muitos, as mulheres precisam experimentar; é uma dúvida que elas têm de pagar ao seu sexo. Isso acontece sempre da mesma maneira. A moça ou mulher ouve dizer que, em algum lugar, talvez muito longe, na terra de parentes ou amigos, estão convocando tropas; pede, aos seus, permissão para viajar, a viagem é permitida — isso não se pode proibir; ela veste as melhores roupas que tem, está mais alegre do que costuma estar, ao mesmo tempo tranquila e amável, não importa como possa ser em outras ocasiões; e por trás de toda a tranquilidade e amabilidade é inacessível como, quem sabe, uma pessoa completamente estranha que viaja para casa e agora não pensa em mais nada. Na família em que deve ter lugar a convocação não é recebida de modo algum como um hóspede costumeiro; tudo a lisonjeia — tem de percorrer todos os cômodos da casa, deve curvar-se de todas as janelas e, se coloca a mão sobre a cabeça de alguém, isso é mais que a bênção do pai. Quando a família se prepara para a convocação, ela recebe o melhor lugar — é perto da porta, onde ela pode ser vista da melhor maneira pelo nobre, além de poder vê-lo o melhor possível. Mas é homenageada assim até a entrada do nobre, a partir daí ela literalmente murcha. Ele a olha tão pouco quanto aos outros e, mesmo quando dirige o olhar para alguém, a pessoa não se sente olhada. Isso ela não esperava, ou antes: ela certamente o esperava, pois não pode ser de outro modo; mas não foi também a expectativa do contrário que a levou até ali; foi simplesmente alguma coisa que agora, seja como for, acabou. A vergonha a acomete em tal medida como não sucede nunca, talvez, às nossas mulheres; só agora, na verdade, ela nota que se imiscuiu numa convocação que lhe é estranha, e, quando o soldado termina de ler a lista e seu nome não aparece, há um instante de silêncio, ela foge trêmula e curvada pela porta e ainda leva o soco de um soldado nas costas.

Caso seja um homem que está demais ali, ele — apesar de não fazer parte daquela casa — não deseja outra coisa senão ser convocado. Mas não há a menor possibilidade de que isso ocorra: um excesso de contingente como aquele nunca será convocado nem algo dessa natureza jamais terá lugar.

A PROVA

Sou um criado, mas não existe trabalho para mim. Sou medroso e não vou em frente, na verdade não vou em frente nem mesmo alinhado com outros, mas essa é apenas a causa da minha desocupação; é possível também que não tenha absolutamente nada a ver com o fato de estar desocupado; seja como for, o principal é que não sou convocado para o serviço, outros o foram e não se candidataram mais do que eu para isso, talvez nem mesmo tenham tido o desejo de ser convocados, ao passo que eu ao menos o tenho, às vezes com muita força.

Fico por isso deitado no catre no quarto da criadagem, olho para as tábuas do teto, adormeço, acordo e volto a adormecer. Às vezes cruzo o caminho até a estalagem, onde é servida uma cerveja azeda — já muitas vezes joguei fora um copo por repugnância, mas depois bebo de novo. Gosto de ficar sentado lá porque atrás da pequena janela fechada, sem poder ser descoberto por alguém, posso olhar para as janelas da nossa casa em frente. Não se vê muita coisa lá, segundo creio; para a rua aqui só dão as janelas dos corredores e além do mais não daqueles corredores que levam ao apartamento dos senhores. É possível também que eu me engane, mas alguém o afirmou uma vez sem ter sido perguntado, e a impressão geral dessa fachada da casa o confirma. Só raramente as janelas são abertas e quando isso acontece é um criado que o faz, inclinando-se então, sem dúvida, sobre o parapeito, a fim de olhar um pouco para baixo. São pois corredores onde ele não pode ser surpreendido. Aliás, não conheço esses criados; os que estão constantemente lá em cima dormem em outro lugar, não no meu dormitório.

Certa ocasião, quando entrava na estalagem, um freguês já estava sentado no meu posto de observação. Não ousei dirigir o olhar exatamente para lá e logo na porta quis dar a volta e ir embora. Mas ele chamou para que eu me aproximasse e ficou claro que era também um criado que eu já havia visto em algum outro lugar, mas sem ter até aquele momento falado com ele.

— Por que você quer ir embora correndo? Sente-se aqui e beba! Eu pago.

Por isso então me sentei. Ele me perguntou algumas coisas, mas não soube responder; na verdade nem entendi as perguntas. Diante disso eu falei:

— Talvez se arrependa agora por ter me convidado; sendo assim vou embora — e quis me levantar.

Ele porém estendeu a mão por cima da mesa e me pressionou para baixo.

— Fique — disse ele. — Era apenas um teste. Quem não responde às perguntas passou na prova.

O ABUTRE

Era um abutre que bicava meus pés. Ele já havia estraçalhado botas e meias e agora bicava os pés propriamente. Toda vez que atacava, voava várias vezes ao meu redor, inquieto, e depois prosseguia o trabalho. Passou por ali um senhor, olhou um pouquinho e perguntou então por que eu tolerava o abutre.

— Estou indefeso — eu disse. — Ele chegou e começou a bicar, naturalmente eu quis enxotá-lo, tentei até enforcá-lo, mas um animal desses tem muita força, ele também queria saltar no meu rosto, aí eu preferi sacrificar-lhe os pés. Agora eles estão quase despedaçados.

— Imagine, deixar-se torturar dessa maneira! — disse o senhor. — Um tiro e o abutre está liquidado.

— É mesmo? — perguntei. — E o senhor pode cuidar disso?

— Com prazer — disse ele —, só preciso ir para casa pegar minha espingarda. O senhor pode esperar mais uma meia hora?

— Isso eu não sei — disse e fiquei em pé um momento, paralisado de dor.

Depois falei:

— De qualquer modo tente, por favor.

— Muito bem — disse o senhor. — Vou me apressar.

Durante a conversa o abutre escutou calmamente, deixando o olhar perambular entre mim e aquele senhor. Agora eu via que ele tinha entendido tudo: levantou voo, fez a curva da volta bem longe para ganhar ímpeto suficiente e depois, como um lançador de dardos, arremessou até o fundo de mim o bico pela minha boca. Ao cair para trás senti, liberto, como ele se afogava sem salvação no meu sangue, que enchia todas as profundezas e inundava todas as margens.

O TIMONEIRO

"Não sou o timoneiro?" — exclamei. "Você?" — disse um homem alto e escuro e esfregou as mãos nos olhos como se espantasse um sonho. Eu estivera ao leme na noite escura, a lanterna ardendo fraca sobre minha cabeça, e agora vinha esse homem e queria me pôr de lado. E já que eu não me afastava, ele calcou o pé no meu peito e me empurrou para baixo devagar enquanto eu continuava agarrado aos raios do leme e na queda o tirava completamente do lugar. Mas o homem pegou-o, colocou-o em ordem e me empurrou dali com um tranco. Eu porém me recompus logo, corri até a escotilha que dava para o alojamento da tripulação e gritei: "Tripulantes! Camaradas! Venham logo! Um estranho me expulsou do leme!". Eles vieram lentamente, subindo pela escada do navio, figuras possantes que cambaleavam de cansaço. "Não sou o timoneiro?" — perguntei. Eles assentiram com a cabeça, mas seus olhares só se dirigiam ao estranho; ficaram em semicírculo ao redor dele e, quando ele disse em voz de comando: "Não me atrapalhem", eles se juntaram, acenaram para mim com a cabeça e voltaram a descer pela escada do navio. Que tipo de gente é essa? Será que realmente pensam ou só se arrastam sem saber para onde sobre a Terra?

O PIÃO

Um filósofo costumava circular onde brincavam crianças. E, se via um menino que tinha um pião, já ficava à espreita. Mal o pião começava a rodar, o filósofo o perseguia com a intenção de agarrá-lo. Não o preocupava que as crianças fizessem o maior barulho e tentassem impedi-lo de entrar na brincadeira; se ele pegava o pião enquanto este ainda girava, ficava feliz, mas só por um instante, depois atirava-o ao chão e ia embora. Na verdade acreditava que o conhecimento de qualquer insignificância, por exemplo o de um pião que girava, era suficiente ao conhecimento do geral. Por isso não se ocupava dos grandes problemas — era algo que lhe parecia antieconômico. Se a menor de todas as ninharias fosse realmente conhecida, então tudo estava conhecido; sendo assim só se ocupava do pião rodando. E, sempre que se realizavam preparativos para fazer o pião girar, ele tinha esperança de que agora ia conseguir; e, se o pião girava, a esperança se transformava em certeza enquanto ele corria até perder o fôlego atrás do pião. Mas quando depois retinha na mão o estúpido pedaço de madeira, ele se sentia mal e a gritaria das crianças — que ele até então não havia escutado e agora de repente penetrava nos seus ouvidos — afugentava-o dali e ele cambaleava como um pião lançado com um golpe desajeitado da fieira.

PEQUENA FÁBULA

"Ah", disse o rato, "o mundo torna-se a cada dia mais estreito. A princípio era tão vasto que me dava medo, eu continuava correndo e me sentia feliz com o fato de que finalmente via à distância, à direita e à esquerda, as paredes, mas essas longas paredes convergem tão depressa uma para a outra, que já estou no último quarto e lá no canto fica a ratoeira para a qual eu corro."

— "Você só precisa mudar de direção", disse o gato e devorou-o.

VOLTA AO LAR

Voltei, atravessei o vestíbulo e fiquei olhando ao meu redor. É a velha propriedade rural de meu pai. As poças no meio. Aparelhos velhos, imprestáveis, misturados uns aos outros, obstruem o caminho para a escada do pavimento térreo. O gato espreita em cima do corrimão. Um pano rasgado, alguma vez enrolado por brincadeira numa estaca, se agita ao vento. Cheguei. Quem vai me receber? Quem espera atrás da porta da cozinha? Sai fumaça da chaminé, o café do jantar está sendo preparado. Isso lhe é familiar, você se sente em casa? Não sei, estou muito inseguro. É a casa de meu pai, mas está fria pedaço por pedaço, como se todos estivessem às voltas com seus assuntos, que eu em parte esqueci e em parte nunca conheci. No que lhes posso ser útil, o que sou para eles, mesmo sendo o filho do pai, do velho agricultor? E não ouso bater à porta da cozinha, só ouço de longe, só ouço de longe e em pé, de maneira a não ser surpreendido como quem está ali escutando. E porque ouço à distância, não capto nada, só escuto uma leve batida de relógio — ou talvez apenas julgue ouvi-la — que vem dos dias da infância.

O que acontece na cozinha, de resto, é segredo dos que estão sentados lá, segredo que eles ocultam de mim. Quanto mais a pessoa hesita diante da porta, tanto mais estranha se torna. Como seria se alguém abrisse agora a porta e me perguntasse alguma coisa? Eu não pareceria então alguém que quer ocultar o seu segredo?

A PARTIDA

Ordenei que tirassem meu cavalo da estrebaria. O criado não me entendeu. Fui pessoalmente à estrebaria, selei o cavalo e montei-o. Ouvi soar à distância uma trompa, perguntei-lhe o que aquilo significava. Ele não sabia de nada e não havia escutado nada. Perto do portão ele me deteve e perguntou:

— Para onde cavalga, senhor?

— Não sei direito — eu disse —, só sei que é para fora daqui, fora daqui. Fora daqui sem parar: só assim posso alcançar meu objetivo.

— Conhece então o seu objetivo? — perguntou ele.

— Sim — respondi. — Eu já disse: "fora-daqui", é esse o meu objetivo.

— O senhor não leva provisões — disse ele.

— Não preciso de nenhuma — disse eu. — A viagem é tão longa que tenho de morrer de fome se não receber nada no caminho. Nenhuma provisão pode me salvar. Por sorte esta viagem é realmente imensa.

ADVOGADOS DE DEFESA

Não era nada certo que eu tivesse um defensor, a esse respeito não podia saber coisa alguma com precisão, todos me viravam o rosto, a maioria das pessoas com as quais eu cruzava e volta e meia me encontrava nos corredores pareciam velhas senhoras gordas, vestiam grandes aventais com estrias azul-escuras e brancas que cobriam o corpo todo, esfregavam a barriga e se voltavam pesadamente de um lado para outro. Eu não era capaz nem mesmo de ficar sabendo se estávamos numa repartição judicial. Havia muita coisa que falava nesse sentido, outras contra. Acima de todos os pormenores, o que mais me fazia pensar num tribunal era um estrondo que se podia escutar à distância, não dava para dizer de que direção ele vinha; preenchia tanto todos os espaços, que era possível assumir que vinha de todas as partes ou, o que parecia mais certo, era justamente o lugar, onde por acaso se estava, o verdadeiro lugar desse estrondo; mas decerto tratava-se de um engano, pois ele vinha de longe. Esses corredores, estreitos, de abóbadas simples, que faziam amplas curvas no seu caminho, com altas portas parcamente ador-

142

nadas, pareciam até construídas para o silêncio profundo, eram corredores de um museu ou de uma biblioteca. Mas, se não era um tribunal, por que eu procurava aqui, então, um representante legal? Porque eu buscava em toda parte um defensor, ele é necessário em qualquer lugar, precisa-se dele em qualquer ponto, na verdade ele é menos necessário num tribunal do que em outro lugar, pois o tribunal expede seu julgamento segundo a lei, é o que se deveria supor. Se alguém assumisse que aqui se procede com injustiça ou leviandade, não seria possível vida alguma, é preciso ter confiança no tribunal, que ele abre espaços para a majestade da lei, uma vez que essa é sua única tarefa; mas na lei propriamente dita tudo é acusação, defesa e veredicto — aqui o ato de alguém se intrometer por conta própria seria um insulto. Mas é diferente quando a coisa diz respeito ao fato mesmo de um julgamento; este se baseia em averiguações, feitas aqui e ali, entre parentes e estranhos, amigos e inimigos, na família ou em público, na cidade ou na aldeia, em suma: em toda parte. Neste caso é urgente a necessidade de ter um defensor, procuradores em quantidade, de preferência os defensores, um bem ao lado do outro, uma muralha viva, pois por sua própria natureza eles se movimentam pesadamente, mas os acusadores, essas raposas astutas, essas doninhas lépidas, esses ratinhos invisíveis, enfiam-se pelas menores fendas, deslizam por entre as pernas dos defensores. Atenção, portanto! Por isso estou aqui, reúno os representantes legais. Ainda não encontrei nenhum, só essas velhas vêm e vão sem parar; se não estivesse procurando, iria adormecer. Não estou no lugar certo, infelizmente não posso me livrar da impressão de que não estou no lugar certo. Precisaria estar num lugar onde as mais diversas pessoas se encontram, vindas de regiões diferentes, de todas as classes, de todas as profissões, de idades variadas, precisaria ter a possibilidade de escolher cuidadosamente, no meio de uma multidão, aquelas que são adequadas, amigáveis, aquelas que têm um olhar dirigido a mim. O mais apropriado para tanto talvez fosse uma grande feira anual. Em vez disso fico rodando por estes corredores, onde só se veem essas velhas mulheres, e não são muitas delas, sempre as mesmas e poucas; apesar de sua lerdeza não se deixam abordar por mim, esquivam-se, pairam como nuvens de chuva, estão completamente às voltas com ocupações desconhecidas. Por que pois me apresso a entrar às cegas no edifício, não leio a inscrição sobre a porta, logo estou nos corredores, fico sentado ali com obstinação a ponto de não poder absolutamente me lembrar de ter estado alguma vez diante daquele prédio, de ter subido as escadas? Mas não posso voltar atrás, essa perda de tempo, essa admissão de ter errado o caminho é insuportável para mim. Como? Nesta breve vida veloz, acompanhado por um estrondo impaciente, descer uma escada? Impossível. O tempo que lhe foi outorgado é tão curto, que, caso perca um segundo, já perdeu toda sua vida, pois ela não é mais longa, é sempre apenas tão longa como o tempo que perdeu. Portanto, se começou um caminho, continue nele; quaisquer que sejam as circunstâncias, só pode ganhar com isso, não corre perigo algum, talvez venha abaixo no final, mas, se logo depois dos primeiros passos houvesse voltado e descido a escada, teria desabado já no começo — não talvez, mas com toda certeza. Por isso, se não encontrar nada aqui nestes corredores, abra as portas; se não encontrar nada atrás delas, há outros andares, e, se não achar nada lá em cima, não é grave: faça um esforço para subir novas escadas. Enquanto não parar de subir, não param de aumentar sob seus pés os degraus que sobem sempre.

INVESTIGAÇÕES DE UM CÃO

Como minha vida mudou e como, no fundo, na verdade não mudou! Se agora volto o pensamento para o passado e evoco os tempos em que ainda vivia em meio à comunidade dos cães, participando de tudo o que a ocupava, um cão entre cães, descubro, no entanto, numa inspeção mais apurada, que desde sempre alguma coisa não afinava bem, havia uma pequena fratura; um leve mal-estar, em meio às mais respeitáveis comemorações públicas, me acometia, às vezes até mesmo no círculo mais familiar — não, às vezes não, mas com muita frequência; a simples visão de um cão companheiro que me era caro, de algum modo percebido de novo, me fazia ficar embaraçado, em sobressalto, em desamparo, até desesperado. Tentava de alguma maneira me tranquilizar; amigos, aos quais eu o admitia, me ajudavam, voltavam os tempos mais calmos, nos quais de fato não faltavam aquelas surpresas, mas que podiam ser ajustadas com mais serenidade ao curso da vida e talvez me tornassem, em verdade, triste e cansado, de perto porém um pouco frio, retraído, temeroso, calculista mas, feitas as contas, um cão normal. Como poderia, aliás, sem essas pausas de recuperação, ter chegado à idade da qual hoje me regozijo, como poderia abrir caminho ao sossego com que considero os abalos da minha juventude e suporto os sustos da idade, como teria conseguido tirar as consequências da minha situação que admito infeliz ou, para expressá-lo mais cautelosamente, não muito feliz, e viver quase de completo acordo com elas? Recolhido, solitário, às voltas apenas com minhas pequenas, desesperançadas, mas para mim indispensáveis investigações, assim eu vivo, mas não perdi, nessa condição, a partir da distância, o panorama sobre meu povo; é frequente que cheguem a mim notícias e de tempos em tempos também deixo que ouçam coisas a meu respeito. Tratam-me com atenção, não entendem minha forma de vida, mas não a levam a mal, e até cães jovens, que de quando em quando vejo passarem à distância, uma nova geração de cuja infância só me recordo obscuramente, não me recusam uma saudação respeitosa.

Não se pode, afinal, deixar de levar em conta que a despeito de minhas singularidades, as quais mantenho expostas à luz do dia, não sou nem de longe totalmente diferente da espécie. Quando medito nisso e tenho tempo, vontade e capacidade para fazê-lo, a comunidade dos cães, como um todo, tem qualificações peculiares. Além de nós, cães, existe todo tipo de criaturas circulando em torno, pobres seres de pouca valia, mudos, reduzidos apenas a certos gritos; muitos entre nós, cães, os estudam, deram-lhes nomes, procuram ajudar a educá-los, refiná-los e coisas do gênero. Para mim, se por acaso não tentam me perturbar, são indiferentes; confundo-os uns com os outros, passo-os por alto. Mas uma coisa chama a atenção demais para que possa ignorá-la; por menos que se mantenham unidos em comparação conosco, cachorros, como se cruzam com tanta indiferença, como não os vincula nem um interesse, alto ou baixo; como, antes, todo interesse os aparta mais ainda uns dos outros para que isso traga consigo o estado habitual da tranquilidade. Em compensação nós, os cães! Pode-se com certeza afirmar que todos nós vivemos literalmente numa só multidão — todos, por mais diversos que, de resto, somos por causa das diferenças incontáveis e profundas que resultaram no decorrer dos tempos. Todos uma só multidão! Algo nos leva a esse ajuntamento e nada pode nos impedir de satisfazer essa inclinação; todas as nossas leis e disposições, as poucas que ainda conheço e as inúmeras que esqueci, remontam a essa felicidade suprema de que somos capazes — o calor de estar juntos. Mas agora o outro lado da moeda. Pelo que sei, nenhuma criatura vive tão amplamente dispersa como nós, cães; nenhuma apresenta tantas diferenças de classes — as quais não podem por alguma via ser catalogadas —, de raças, de ocupações; nós, que queremos estar unidos — e apesar de tudo, em efusivas ocasiões, o conseguimos —, justamente nós vivemos muito separados uns dos outros, envolvidos em profissões muito peculiares, frequentemente incompreensíveis ao cão vizinho, aferrando-nos a prescrições que não são próprias da comunidade dos cães, mas até mesmo contrárias a ela. Que difíceis são essas coisas! Coisas que vale mais a pena não tocar — entendo esse ponto de vista, entendo-o melhor que o meu — e no entanto se trata de coisas às quais me entreguei de uma vez. Por que não faço como os outros, por que não vivo em paz com meu povo e assumo em silêncio o que quer que perturbe aquela concórdia; por que não o ignoro como um pequeno erro no grande cômputo, permanecendo sempre voltado para aquilo que nos une de uma maneira feliz e não para o que, sempre de forma irresistível, nos aparta do círculo do nosso clã? Recordo-me de um incidente da minha juventude: na época eu estava numa daquelas excitações inexplicáveis e felizes, como certamente os vivencia qualquer um quando é criança; era ainda um cachorro muito jovem, tudo me era aprazível, tudo tinha relação comigo, acreditava que em torno de mim ocorriam grandes coisas, das quais eu era o líder, às quais tinha de emprestar minha voz; coisas que iriam com certeza ficar miseravelmente atiradas no chão se eu não corresse atrás delas, e para elas meu corpo balançava — em suma, fantasias de criança, que evaporam com os anos; mas na ocasião eram muito fortes, seu apelo era muito poderoso, e aconteceu, então, sem a menor dúvida, algo extraordinário, que parecia dar razão àquelas expectativas selvagens. Em si mesmo não era nada de incomum, posteriormente vi coisas assim e mais notáveis ainda, com muita frequência, mas naquele momento o fato me atingiu com a impressão enérgica que, sendo a primeira, foi inapagável e determinante de muitas atitudes minhas que a sucederam. Acontece que encontrei um pequeno grupo de cães, ou melhor: não o encontrei, ele veio ao meu encontro. Na época eu havia corrido durante muito tempo em meio à escuridão, com o pressentimento de grandes coisas, um pressentimento que sem dúvida podia facilmente induzir ao engano, posto que eu o tinha sempre — por muito tempo havia corrido na obscuridade, daqui para lá, levado por nada a não ser um desejo indefinido; de repente me detive com o sentimento de que ali eu estava no lugar certo, ergui o olhar e vi que era um dia dos mais claros, só que com uma mancha de névoa; saudei a manhã com sons confusos, aí então — como se os tivesse conjurado — emergiram de alguma treva para a luz sete cães, produzindo um ruído horrível como eu jamais havia escutado. Se não tivesse visto com nitidez que eram cães e que eram eles próprios que provocavam aquele barulho — embora eu não pudesse reconhecer como eles o produziam —, teria ido embora imediatamente, mas, sendo como era, fiquei. Na ocasião ainda não sabia quase nada da musicalidade conferida à espécie canina; ela havia escapado à minha capacidade de observação que apenas desenvolvia; só por meio de alusões tinham procurado me indicar isso; por esse motivo aqueles sete grandes artistas musicais eram para mim tanto mais surpreendente e literalmente esmagadores. Eles não falavam, não cantavam, silenciavam em geral com uma certa obstinação, mas do espaço vazio conseguiam conjurar a música como mágica. Tudo era música. O modo como erguiam e baixavam os pés, certas viradas da cabeça, o ato de correr e repousar, as posições que assumiam uns em relação aos outros, as formações à maneira de ciranda que iam tomando, na medida, por exemplo, em que um apoiava as patas dianteiras em cima das costas do mais próximo, e depois os sete se compunham de tal modo que o primeiro suportava o peso de todos os outros; ou quando descreviam figuras complicadas com seus corpos que deslizavam perto do chão e nunca erravam; nem o último cachorro, que ainda estava um pouco inseguro, não era logo, todas as ocasiões, que encontrava a conexão com os outros, de certo modo às vezes oscilava na batida da melodia; mas certamente estava inseguro apenas em comparação com a segurança magnífica dos demais e, mesmo na maior, na mais completa insegurança, não teria conseguido estragar algo em que os outros, grandes mestres, conservavam inabalavelmente o compasso. Mas o fato é que mal se podia vê-los, dificilmente se viam todos. Eles haviam aparecido, tinham sido intimamente saudados como cães; o rumor que os acompanhava confundia muito, mas eram cães com certeza, cães como você e eu; eram observados do modo costumeiro, como cães que se encontram no caminho; o desejo era aproximar-se deles, trocar saudações, pois estavam muito perto, cães na verdade muito mais velhos que eu e não da minha raça de pelos longos e lanosos, mas não, também, totalmente diferentes em tamanho e formato, antes muito familiares; tinha conhecido muitos desse mesmo tipo ou espécie semelhante; mas, enquanto estava ainda envolvido nessas cogitações, a música aos poucos se sobrepôs; ela positivamente arrastava o ouvinte para longe daqueles pequenos cães reais e totalmente contra a vontade, resistindo com todas as forças, uivando como se fosse de dor; não era possível ocupar-se de outra coisa a não ser da música, que vinha de todos os lados, do alto, das profundezas, de todas as partes, arrastando o ouvinte para o meio, arrebatando-o, esmagando-o e ressoando ainda sobre seu aniquilamento numa tal proximidade que já era uma distância como uma fanfarra que tocasse num tom praticamente inaudível. E então voltava a ser liberado porque já estava esgotado demais, aniquilado demais, demasiado fraco, para ainda conseguir ouvir; era posto em liberdade, vendo os sete pequenos cães fazerem suas evoluções, darem seus saltos; a vontade era chamá-los, por mais indiferentes que eles parecessem, para pedir-lhes esclarecimentos, para perguntar-lhes o que estavam fazendo ali — eu era uma criança e julgava poder sempre propor alguma questão a qualquer um —, mas mal estava em vias de fazê-lo, mal começava a sentir a boa, confiante conexão canina com os sete, a música voltava, me deixava inconsciente, me fazia descrever círculos como se eu fosse um dos músicos, quando era apenas sua vítima; atirava-me daqui para lá por mais que pedisse clemência; no final me salvei de sua própria violência, na medida em que me enfiei numa confusão de madeiras, que se erguia em torno naquela região, antes de haver notado isso, e me enredei com força, comprimi para baixo a cabeça, e, por mais que a música ainda troasse ao ar livre, havia a possibilidade de respirar um pouco. Em verdade, muito mais do que da arte dos sete cachorros — ela me era incompreensível, além de totalmente inacessível, fora das minhas possibilidades —, eu me admirava com a coragem que mostravam ao se expor aberta e inteiramente àquilo que produziam e, acima de suas forças — sem que rompessem por isso a coluna vertebral —, serem capazes de suportá-lo tranquilamente. Certamente reconheci, então, do meu esconderijo, observando com mais atenção, que não era tanto tranquilidade, mas tensão máxima, o recurso com que trabalhavam — aquelas pernas, que aparentemente se movimentavam tão seguras, tremiam a cada passo num sobressalto incessante e angustiado; fixos, como se fosse em desespero, um olhava para o outro e a língua, sempre dominada de novo, pendia logo, no entanto, outra vez, flácida, das mandíbulas. Não podia ser medo do sucesso o que os excitava assim; quem era animado por coisas daquela natureza, quem as levava a cabo, não podia mais ter medo — medo do quê? Quem os forçava a fazer o que eles realizavam? E eu não podia mais me conter, particularmente porque eles me pareciam, agora, tão incompreensivelmente necessitados de ajuda; foi assim que, no meio de todo aquele barulho, fiz minhas perguntas em tom alto e inquisitivo. Mas eles — incompreensível! incompreensível! —, eles não responderam, agiram como se eu não estivesse lá; cães que não respondem absolutamente ao chamado de cães cometem uma falta de consideração contra os bons costumes, a qual não se perdoa nem ao menor nem ao maior dos cães, em circunstância alguma. Será que por acaso não eram de fato cães? Mas como não poderiam ser cães? Ainda naquele momento eu ouvia, prestando mais atenção, até mesmo exclamações em voz baixa, com as quais eles se animavam mutuamente, chamavam a atenção para as dificuldades, advertiam contra erros; via também o último cão, o menor de todos, a quem eram dirigidas a maioria das exclamações, olhar-me de viés, com frequência, como se ele tivesse muita vontade de me responder, mas se contivesse porque isso não era permitido. Mas por que não o era? Por que não deveria sê-lo, por que o que nossas leis sempre exigiram incondicionalmente não era admitido desta vez? Meu coração se indignava, quase me esqueci da música. Estes cães aqui infringiam a lei. Por mais que fossem tão grandes mágicos, a lei valia também para eles, eu entendia isso perfeitamente quando ainda era criança. E a partir daí comecei a notar mais coisas. Eles tinham realmente motivo para se calar, pressupondo que silenciavam por sentimento de culpa. Pois a forma como se comportavam — perante tanta música eu até então não o havia observado — demonstrava que haviam atirado fora todo sentido de vergonha; os miseráveis faziam, ao mesmo tempo, o mais ridículo e o mais indecoroso: caminhavam erguidos sobre as pernas traseiras. Cruz credo! Desnudavam-se e exibiam ostensivamente sua nudez; ufanavam-se disso e quando, por um momento, obedecendo a um instinto natural, baixavam as pernas dianteiras, estremeciam literalmente como se fosse uma falta, como se a natureza fosse um erro, levantavam outra vez, depressa, as pernas, e seu olhar parecia pedir perdão pelo fato de terem de se deter um pouco em sua pecaminosidade. O mundo estava às avessas? Onde eu estava? O que então aconteceu? Então, em virtude de meu próprio estado, não podia hesitar mais, livrei-me dos troncos de madeira que me prendiam, saltei para fora num só impulso e me dirigi para onde estavam os cães; eu, pequeno aluno, tinha de ser um mestre, precisava fazê-los compreender aquilo que faziam, tinha de evitar que continuassem pecando. "Ah, velhos cães, velhos cães!", repetia sempre. Mas, nem bem me vi livre e apenas dois ou três saltos me separavam dos cães, voltou o ruído que havia conquistado domínio sobre mim. Talvez no meu fervor eu houvesse resistido ao que já conhecia se não tivesse sido através de toda sua potência — que era tremenda, mas quem sabe possível de combater; um som claro, forte, sempre igual a si mesmo, chegando inalterado de uma grande distância — talvez a própria melodia houvesse soado no meio do barulho e me forçado a ajoelhar. Ah, que música enlouquecedora produziam aqueles cães! Eu já não podia mais, não queria mais instruí-los, eles podiam seguir esticando as pernas, cometer pecados e atrair outros para o pecado da contemplação quieta, eu era um cão tão pequeno, quem podia exigir de mim coisa assim difícil, fiz-me ainda menor do que era, gani; se naquele momento os cães tivessem perguntado minha opinião, é provável que houvesse dado razão a eles. Aliás, não durou muito tempo e eles desapareceram com todo o barulho e toda a luz na escuridão de que tinham surgido.

Como eu já disse: todo esse incidente não comportava nada extraordinário; no curso de uma longa vida depara-se com mais de um acontecimento que, retirado do contexto e visto com os olhos de uma criança, seria muito mais espantoso ainda. Além disso — como afirma uma expressão certeira — pode-se naturalmente, como em tudo, pisar em falso; evidencia-se depois que aqui estiveram reunidos sete músicos para fazer música no silêncio da manhã; que um pequeno cão chegara a esse local, extraviado — um ouvinte inoportuno que eles, através de uma música particularmente terrível ou sublime, tentaram afugentar, infelizmente em vão. Ele os incomodou com perguntas; como se já não estivessem perturbados pela mera presença do estranho, deviam também suportar o aborrecimento das perguntas e aumentá-lo com respostas? E se a lei ordena que se responda a todos, será que um cão assim, insignificante, vindo de não se sabe onde, poderia ser considerado alguém? E talvez eles não o entendessem de maneira alguma e ele latia as perguntas de modo bem ininteligível. Ou talvez o entendessem direito e respondessem, superando-se a si mesmos; mas ele, o pequeno, o que não estava acostumado com música, não conseguia distinguir a resposta da música. No que diz respeito às pernas traseiras, quem sabe andasse de fato sobre elas por exceção, o que sem dúvida é um pecado! Mas eles estavam sozinhos, sete amigos entre amigos, numa reunião privada, de certa forma entre as próprias quatro paredes, por assim dizer totalmente a sós, pois amigos não são decerto amantes da ostentação pública, e onde não há uma situação pública ela não traz à luz, também, um pequeno cão de rua curioso; neste caso, portanto, não é como se nada houvesse ocorrido? Não completamente, mas quase, e os pais deviam ensinar seus pequenos a circular menos e em vez disso a silenciar mais e a respeitar a idade.

Chegado a esse ponto o caso foi resolvido. Sem dúvida o que está liquidado para os grandes ainda não o está para os pequenos. Pus-me a dar voltas, contei e indaguei, me queixei e investiguei; queria arrastar todos até o lugar onde tudo havia acontecido, querendo mostrar-lhes onde eu estivera e os sete cães também, onde e como eles tinham dançado e tocado música; se alguém tivesse ido comigo, em vez de me despachar e rir de mim, teria então, com certeza, sacrificado minha inocência e tentado me colocar sobre as pernas de trás, a fim de esclarecer tudo com precisão. O caso é que, em relação ao pequeno, levam tudo a mal, mas no fim também perdoam-lhe tudo. Eu porém conservei essa natureza infantil e ainda por cima me tornei um cão idoso. Como na ocasião não deixava de comentar em voz alta aquele acontecimento — que agora, aliás, valorizo muito menos —, de dissecá-lo em relação aos presentes, sem levar em conta a sociedade em que me encontrava, ocupado sempre com o assunto, que considerava enfadonho o suficiente, como qualquer outro, mas que — essa era a diferença — queria justamente por isso decifrar infatigavelmente, por meio das investigações, com o propósito de voltar, afinal, a obter uma clara visão da habitual, tranquila e feliz vida cotidiana. Do mesmo modo como antes, a havia trabalhado a seguir, embora com meios menos infantis — mas a diferença não é tão grande — e ainda hoje não deixo de fazê-lo.

Foi com aquele concerto que o assunto começou. Não me queixo disso, é minha maneira de ser inata que aqui age; sem dúvida, se o concerto não tivesse acontecido, teria procurado uma outra oportunidade para desabafar. Só que isso ocorreu tão cedo e me fez mal por vezes com antecedência, roubando-me uma grande parte da minha infância; a vida ditosa dos cães jovens, que um ou outro é capaz de ampliar para si durante anos, para mim durou apenas uns poucos curtos meses. Paciência. Há coisas mais importantes que a infância. E talvez na velhice, desgastada por uma vida dura, me acene mais felicidade infantil da que um autêntico jovem não terá força de suportar — força que eu, ao contrário, terei.

Iniciei na ocasião minhas investigações com as coisas mais simples; material era o que não faltava; a superabundância, infelizmente, é o que me faz desesperar nas horas obscuras. Comecei a pesquisar sobre aquilo de que os cães se nutrem. Bem, naturalmente esta questão não é simples, se se quiser; ela nos ocupa desde os tempos primitivos, é o objeto principal de nosso pensamento, inúmeras são as observações, tentativas e pontos de vista nesta área; tornou-se uma ciência que, no seu alcance gigantesco, não só ultrapassa a capacidade de compreensão individual, mas também a de cada um de todos os peritos tomados em seu conjunto; finalmente não pode ser arrostado, a não ser por toda a comunidade canina e mesmo por esta a duras penas e sem chegar a um resultado exaustivo por ela; é algo que continuamente se desmorona em um bem antigo, há muito tempo possuído, que precisa ser reconstruído pacientemente — sem falar em absoluto nos pressupostos dificilmente realizáveis de minha investigação. Ninguém me objeta tudo isso, eu o sei bem como qualquer outro cão médio e não me ocorre imiscuir-me na verdadeira ciência, tendo todo o respeito que ela merece; mas faltam-me saber, dedicação, tranquilidade e — não por último, sobretudo desde alguns anos para cá — apetite para aumentar seu patrimônio. Engulo a comida, mas não tem nenhum calor para mim a mínima observação agrícola antecedente feita de forma ordenada. Nesse aspecto me basta a suma de toda ciência, a pequena regra com que as mãos separam os pequenos dos seios e os lançam à vida: "Molhe tudo, o mais que puder". Não está contido nela, realmente, quase tudo? O que é que a pesquisa, iniciada por nossos ancestrais, tem a acrescentar de essencial? Pormenores, pormenores, e como o conjunto é incerto! Mas essa regra resistirá enquanto formos cães. Ela diz respeito à nossa nutrição principal. Temos sem dúvida outros recursos, mas em caso de necessidade, quando os anos não são muito adversos, poderíamos viver desse alimento essencial, que nós encontramos sobre a terra; a terra porém necessita da nossa água, nutre-se dela, e só por esse preço ela nos dá o nosso alimento, cuja produção, de qualquer forma — não se deve esquecer isso — pode ser acelerada a partir de certas invocações, cantos, movimentos. Isso, no entanto, é tudo, em minha opinião; desse ângulo não há mais nada de básico a dizer sobre essa questão. Neste ponto estou de acordo também com a grande maioria dos cães e sob esse aspecto me afasto decididamente das concepções heréticas. Em verdade não me interessam particularidades, nem quero ter razão em tudo; sinto-me feliz quando consigo acordar com os companheiros da comunidade e é o que aqui acontece. Mas meus empreendimentos próprios vão em outro sentido. A simples visão me ensina que a terra, quando é regada e trabalhada segundo as regras da ciência, produz o alimento e, na realidade, numa tal qualidade, em quantidade tal, de uma tal espécie, em lugares tais, em tais horas, conforme o exigem, igualmente, as leis estabelecidas da ciência, seja por completo, seja em parte. Isso é ponto pacífico, mas a questão que eu coloco é: "De onde a terra retira esse alimento?". Pergunta que em geral não se pretende entender e à qual, para mim, no melhor dos casos, se responde: "Se não tem o suficiente para comer, nós damos do nosso a você!". Prestem atenção nessa resposta. Eu sei: não é uma qualidade meritória dos cães distribuírem a comida que conseguiram. A vida é dura, a terra magra, a ciência rica em conhecimentos, mas pobre em resultados práticos; quem tem alimentos o guarda; não se trata de egoísmo, mas do contrário disso: é a lei dos cães, decisão aprovada unanimemente pela comunidade, proveniente da superação da avareza, pois os possuidores estão sempre em minoria. E por isso aquela resposta — "Se não tem o suficiente para comer, nós damos do nosso para você" — é uma expressão corrente, um gracejo, uma zombaria. Não me esqueci disso. Mas ela tinha para mim um sentido tanto maior porque, naquela época, na minha frente, quando circulava pelo mundo com minhas perguntas, puseram de lado o sarcasmo; de fato continuavam a não me dar nada para comer — de onde iriam tirar a comida no momento? — e, se por acaso a tinham, naturalmente esqueciam, no furor da fome, qualquer outra ordem de consideração; mas a oferta era feita a sério, e aqui e ali eu recebia realmente uma ninharia, quando era suficientemente veloz para arrebatá-la. A que se devia o fato de se comportarem em relação a mim de forma tão especial, poupando-me, dando-me preferência? Porque eu era um cão magro, fraco, malnutrido e muito pouco preocupado com alimento? Mas muitos cães malnutridos circulam por aí e tiram-lhe até o alimento mais mísero da boca quando isso é possível, muitas vezes não por avidez, mas na maioria dos casos por princípio. Não, eles me beneficiaram, eu não podia comprovar tanto com detalhes: tinha antes uma impressão definida a esse respeito. Eram portanto as minhas perguntas que os divertiam, que consideravam particularmente espertas? Não, não se divertiam e as consideravam todas estúpidas. E no entanto só podiam ser as perguntas que atraíam a atenção sobre mim. Era como se preferisse a enormidade de me entupir a boca de comida — não fizeram isso, mas bem que o quiseram — a tolerar minhas perguntas. Nesse caso teria sido melhor me afugentarem e me vetarem as perguntas. Não, não era isso que desejavam, na verdade não queriam ouvir minhas questões, mas justamente por causa delas não estavam dispostos a me expulsar. Ocorria que, à força de tanto rirem de mim, de me tratarem como animalzinho estúpido, eu era arrastado de um lado para outro; com efeito esse foi o tempo de meu maior prestígio, nunca mais algo assim se repetiu, eu tinha acesso a qualquer parte, nada me era impedido; sob o pretexto de tratamento rude, na realidade me bajularam. E tudo, pois, por causa de minhas perguntas, de minha inocência, de minha ânsia de investigar. Será que queriam com isso me acalentar, tirar-me de um caminho errado sem violência, quase com amor — de um caminho cuja falsidade de fato não estava acima de qualquer dúvida, de tal forma que houvesse autorizado o emprego da violência? Também um certo respeito e medo interditavam o uso da violência. Se já então eu pressentia algo dessa natureza, hoje sei exatamente — com muito mais precisão do que os que na época procediam assim e é certo que queriam desviar-me do meu caminho. Não tiveram êxito, conseguiram o contrário, minha atenção se aguçou. Pareceu-me aí, também, que era eu quem desejava seduzir os outros e que, até certo grau, a sedução de fato deu certo. Só com a ajuda da comunidade canina comecei a entender minhas próprias perguntas. Se eu, por exemplo, perguntava: "De onde a terra retira esse alimento?", o que me interessava então, como podia ter o aspecto da questão — a terra? Preocupavam-me por acaso as atribulações da terra? Nem mesmo o mínimo: o que me importava, como logo reconheci, estava completamente à distância — o que me ocupava a mente eram apenas os cães, de resto nada. Pois o que havia, fora os cães? Quem é que se pode chamar, além disso, no mundo vasto e vazio? Todo o conhecimento, o conjunto de todas as perguntas e de todas as respostas, está contido nos cães. Se apenas esse saber pudesse ser eficaz, se fosse possível trazê-lo à luz do dia, se eles não soubessem infinitamente mais do que admitem, do que eles admitiam a si mesmos! Mesmo o cão mais loquaz é mais fechado do que costumam ser os lugares onde estão os melhores alimentos. Rodeia-se o cão companheiro, espuma-se de avidez, açoita-se a si próprio com o próprio rabo, pergunta-se, pede-se, uiva-se, morde-se e alcança — alcança aquilo que se queria alcançar sem qualquer esforço: uma escuta amável, contatos amistosos, um farejar honroso, abraços íntimos, o meu e o seu uivo mesclados num só — tudo está orientado para esse fim — um encantamento, um esquecer e um encontrar; mas aquilo que se queria conseguir acima de tudo, a confissão do saber, isso não é possível. A esse pedido, mudo ou aberto, atendem, no melhor dos casos, se a sedução já foi levada ao extremo, apenas caras impenetráveis, olhares enviesados, olhos turvos, de expressão funesta. Não é muito diferente do que foi antes, quando eu, ainda criança, chamava os músicos e eles se calavam.

Pois bem, alguém poderia dizer: "Você se queixa dos seus camaradas cães, da sua taciturnidade sobre questões decisivas; afirma que eles saberiam mais do que admitem, mais do que querem pôr em prática na vida, e esse silêncio, cujo fundamento e segredo naturalmente também calam, envenena-lhe a existência, torna-a insuportável; você precisaria mudá-la ou abandoná-la — pode ser —, mas é também, individualmente, um cão, possui igualmente o saber canino. Muito bem: manifeste-o, não só na forma de perguntas, mas também de respostas. Se você o proferir, quem irá opor-lhe resistência? O grande coro da comunidade dos cães vai secundá-lo como se estivesse esperando por isso. Terá conquistado então a verdade, a clareza, a compreensão, tudo o que quiser. O teto desta vida pedestre, de quem fala tão mal, irá abrir-se, e todos, cão por cão, ascenderemos à alta liberdade. E se esta última não fosse alcançada, se se tornasse pior do que até agora, se a verdade inteira ficasse mais insuportável que a meia verdade, se se confirmasse que os que silenciam são os justos mantenedores da vida, se a leve esperança que ainda temos se transformasse na completa falta dela, a palavra ainda vale a pena ser tentada, visto que não quer viver como lhe seria lícito fazê-lo. Portanto, por que censura nos outros o seu silêncio e você mesmo se cala?". A resposta é fácil: porque sou um cão. No essencial, exatamente como os outros fechado com firmeza, oferecendo resistência às próprias perguntas, duro de angústia. Considerando detidamente as coisas, será que, desde que sou maior, faço perguntas para que os cães me respondam? Tenho esperanças tão tolas? Vejo os fundamentos de nossa vida, pressinto sua profundidade, vejo os trabalhadores da construção no seu trabalho sombrio e continuo esperando que, diante de minhas perguntas, tudo isto termine, venha abaixo, seja abandonado? Não, na verdade não o espero mais. Compreendo-os, sou sangue do seu sangue, do seu pobre, sempre renovado, sempre exigente sangue? Mas não temos em comum apenas o sangue — também o conhecimento, e não só o conhecimento como a chave para ele. Não possuo isso sem os outros, não posso tê-lo sem seu auxílio. Ossos de ferro, contendo o tutano mais nobre, só se pode obter pelo ato conjunto do morder de todos os dentes de todos os cães. Naturalmente é apenas uma imagem — e exagerada; se todos os dentes estivessem prontos, não teriam mais de morder, o osso se abriria e o tutano ficaria ao alcance do mais fraco dos cãezinhos. Se permaneço nos limites desta metáfora, então minha intenção, minhas perguntas, minhas investigações visariam, de algum modo, a algo monstruoso. Quero forçar essa reunião de todos os cães, quero, com a pressão de sua disponibilidade, fazer com que o osso se abra; quero liberá-los depois para sua vida que lhes é cara e, em seguida, sós, absolutamente sós, saborearem a medula. Isto soa monstruoso, quase o é, como se eu não quisesse me alimentar do tutano de um osso, mas da medula da comunidade inteira dos cães. Trata-se porém apenas de uma imagem. O tutano de que aqui se fala não é um alimento; pelo contrário, é um veneno.

Com minhas perguntas incito apenas a mim mesmo, quero me estimular pelo silêncio, que é o único em torno a me responder. Quanto tempo vai suportar que a comunidade canina, que cada vez mais você leva à consciência com suas investigações, silencie e guarde sempre silêncio? Por quanto tempo vai aturar? Esta é minha verdadeira pergunta vital, que predomina sobre todas as questões individuais: está dirigida somente a mim e não molesta nenhum outro. Infelizmente posso respondê-la mais facilmente do que as questões particulares: é previsível que eu aguente até meu fim natural, a calma da idade resiste cada vez mais às perguntas inquietantes. Provavelmente vou morrer em silêncio, cercado de silêncio, quase tranquilo, e vejo isso vir a mim com fortaleza de espírito. Um coração admiravelmente forte, pulmões que não se gastam antes do tempo são dados a nós, cães, como se fosse por maldade; resistimos a todas as perguntas, mesmo às próprias — um baluarte do silêncio, é o que nós somos.

Ultimamente reflito cada vez mais sobre minha vida,

procuro o erro decisivo, o erro que é a causa de todas as outras faltas que talvez cometi e não consigo encontrá-lo. No entanto devo tê-lo sem dúvida praticado, pois, se não o tivesse e, apesar do trabalho honrado de uma longa existência, não haveria de alcançar o que queria: ficaria demonstrado que o que eu desejava era impossível e disso decorreria uma desesperança completa. Veja a obra da sua vida! Primeiro, as investigações em torno da pergunta: de onde a terra retira o alimento para nós? Um jovem cão, naturalmente ávido por desfrutar a vida, renunciei a todos os prazeres, fiz uma curva diante deles a fim de evitá-los, em face das tentações enterrei a cabeça entre as pernas e me pus a trabalhar. Não era um trabalho científico, nem a erudição dizia respeito a ele, fosse pelo método, fosse pela intenção. Eram erros, certamente, mas decisivos é que não puderam ter sido. Estudei pouco, pois me separei prematuramente da mãe; acostumei-me logo à autonomia, levei uma vida livre, e autonomia prematura demais é inimiga do estudo sistemático. Mas vi e ouvi muito, falei com muitos cães das mais diversas espécies e profissões e, segundo creio, não apreendi tudo mal e atei bem as observações isoladas; isso substituiu um pouco o conhecimento científico; mas além disso a autonomia, mesmo sendo um inconveniente para o aprendizado, apresenta uma certa vantagem para a pesquisa. No meu caso ela foi tanto mais necessária porque eu não conseguia seguir o método próprio da ciência, ou seja: utilizar os trabalhos dos antecessores e me vincular com os pesquisadores contemporâneos. Dependia totalmente de mim mesmo, comecei do início mais remoto com a consciência que fazia feliz os jovens, sendo extremamente deprimente, porém, mais tarde, para os idosos, a saber: o ponto final casual que eu puser terá de ser também o definitivo. Será que eu estava realmente tão sozinho em minhas investigações, então e desde sempre? Sim e não. É impossível que nem sempre tivesse havido, e agora também não, cães isolados que não estivessem nem estão aqui e ali na minha situação. Não é de supor que as coisas estejam tão mal para mim. Não estou um fio de cabelo fora da essência canina. Todo cão tem, como eu, o ímpeto de perguntar e, como todo cão, tenho o de silenciar. Todos têm a tendência a perguntar. Se naquela época eu tivesse conseguido alcançar, com as minhas perguntas, mesmo a mais fácil das comoções que, muitas vezes com arrebatamento, seja como for excessivo, me era facultado ver e se então não houvessem se comportado desse modo comigo, não seria capaz de conseguir muito mais. E que eu tenho o impulso para calar é coisa que infelizmente não precisa de prova especial. Fundamentalmente não sou diferente de qualquer outro cachorro; é por isso que, a despeito de todas as diferenças de opinião e antipatias, no fundo qualquer um me reconhece e não vou proceder de outro modo com todos os cães. Só a mistura dos elementos é diversa, uma diferença individualmente muito grande, mas para o povo insignificante. É possível que a combinação dos elementos sempre tangíveis no passado e no presente nunca virá a parecer semelhante à minha — e se quiserem chamar minha mescla de infeliz e até mesmo de mais infeliz ainda? Isso seria contrário a todas as demais experiências. Nós, cães, estamos ocupados com as profissões mais estranhas. Profissões nas quais ninguém acreditaria de forma alguma se não possuísse as informações mais fidedignas. Penso, neste caso, de preferência, no exemplo dos cães aéreos. Quando pela primeira vez ouvi falar num deles, tive de rir, não me deixei convencer de maneira alguma. Como? Devia tratar-se de um cão sumamente pequeno, não muito maior que a minha cabeça e que mesmo idoso não teria tamanho maior; esse cão, fraco por natureza, artificial, imaturo, penteado com excessivo esmero a julgar pela aparência, incapaz de dar um salto honesto — esse cão, segundo diziam, se deslocava em geral a grande altura no ar, mas não realizava um trabalho visível, dedicando-se em vez disso ao descanso. Não: querer me convencer de uma coisa dessas significaria aproveitar-se demais da ingenuidade de um jovem cachorro, como então julguei. Mas pouco depois ouvi, por outro lado, falar de um outro cão aéreo. Será que haviam se unido para troçar comigo? Foi nesse entretempo que vi os cães músicos e a partir dessa época considerei que tudo era possível, nenhum preconceito podia limitar minha capacidade de entendimento, corria atrás dos rumores mais insensatos, seguia-os até onde podiam minhas forças; nesta vida sem sentido a coisa mais insensata me parecia mais provável que a sensata e particularmente fecunda para minhas investigações. Foi o que me ocorreu com os cães aéreos. Aprendi muito com eles, na verdade até hoje não consegui ver um só, mas estou firmemente convencido de sua existência faz muito tempo e, na minha visão do mundo, eles têm um lugar importante. Como na maioria das vezes, também neste caso, naturalmente, não é a arte que me deixa sobretudo pensativo. É maravilhoso — quem pode negá-lo? — que estes cães sejam capazes de pairar no ar: neste ponto o espanto coincide com a comunidade dos cães. Mas muito mais maravilhoso, para o meu modo de sentir, é a falta de sentido, o não senso silencioso dessas existências. Em termos gerais ela não se fundamenta em nada; os cães flutuam no ar e aí termina a coisa; a vida segue seu curso, aqui e ali se fala de arte e artistas, isso é tudo. Mas por que, mundo canino basicamente bondoso, por que, pois, os cães pairam no ar? Que sentido tem na sua profissão? Por que não se obtém deles uma palavra de explicação? Por que flutuam lá em cima, deixam que as pernas, orgulho do cão, se atrofiem; estão separados da terra nutriz, não semeiam e no entanto colhem; supõe-se até que são particularmente bem alimentados à custa da comunidade de cães. Posso gabar-me de que, com minhas perguntas, consegui pôr um pouco em movimento essa questão. Começa-se a fundamentar, fareja-se uma espécie de fundamento, começa-se e no entanto não se ultrapassa esse início. Mas já é alguma coisa. E com efeito não se evidencia nesse ponto a verdade — nunca alguém chegará tão longe —, mas é certo que se demonstra algo da profunda confusão da mentira. Todos os fenômenos sem sentido de nossa vida, especialmente os mais sem sentido, podem, é certo, ser fundamentados. Não por completo, naturalmente — esta é a palavra de espírito diabólica —, mas para se protegerem contra perguntas penosas, isso basta.

Tomando como exemplo outra vez os cães aéreos: eles não são altaneiros, como a princípio poderia se julgar; são, muito mais, particularmente dependentes dos cães companheiros; se alguém procura se colocar na situação deles entende. Embora não façam isso abertamente — seria uma lesão do dever de silenciar —, eles têm de tentar conseguir de algum outro jeito o perdão por seu modo de vida ou ao menos distrair a atenção desse ponto, ou fazer com que o esqueçam; como me contaram, levam isso a efeito com uma loquacidade quase insuportável. Sempre têm algo a contar, seja a respeito de suas elucubrações filosóficas, com as quais podem se ocupar sem parar, uma vez que renunciaram completamente ao esforço físico, seja a respeito das observações que realizam do seu elevado ponto de vista. E apesar de não se distinguirem muito por sua capacidade intelectual, o que é compreensível com uma vida ociosa como a que levam; e embora sua filosofia seja tão sem valor como suas observações, que a ciência mal pode aproveitar alguma coisa de tudo aquilo — tanto que não depende em absoluto de fontes de informação assim lamentáveis —, a despeito de tudo, quando se pergunta o que os cães aéreos na verdade querem, a resposta reiterada que se recebe é que eles contribuem muito para a ciência. "É certo", pode-se responder, "mas suas contribuições não têm valor e são enfadonhas." A réplica seguinte pode ser um alçar de ombros, a evasiva, a raiva, ou o riso e num instante, quando se pergunta de novo, fica-se sabendo, outra vez, que eles contribuem, sim, para a ciência, e finalmente, quando se volta a indagar e o interrogado não se contém muito, responde-se a mesma coisa. Talvez seja bom, também, não se mostrar obstinado demais e se sujeitar a reconhecer os cães aéreos já existentes não na sua justificativa de vida, o que é impossível, mas tolerá-los. Mais que isso, porém, não se pode exigir, seria ir longe demais, e no entanto se exige. Exige-se que se tolerem, sempre, novos cães aéreos que surjam. Não se sabe exatamente de onde eles vêm. Multiplicam--se pela reprodução? Têm, portanto, força ainda para isso? Não são muito mais que uma bonita pele — o quê, neste caso, há para se procriar? Mesmo que o improvável fosse possível, quando ele devia ocorrer? Entretanto são vistos sempre sós, autossuficientes no ar lá em cima e, se alguma vez condescendem em caminhar, isso acontece só por um breve momento, alguns passos afetados e estão de novo rigorosamente sós, perdidos em supostos pensamentos, dos quais, ainda que se esforcem, não podem se livrar — pelo menos é o que afirmam. Mas se eles não se reproduzem, seria possível pensar que existam cães que renunciam voluntariamente à vida em terra firme, que se tornam por conta própria cães aéreos e que, ao preço da comodidade e de uma certa destreza, escolham essa vida vazia sobre travesseiros lá no alto? Não é possível pensar isso — nem procriação nem adesão voluntária podem ser pensadas. A realidade, no entanto, mostra que existem sempre novos cães aéreos, donde se conclui que, por mais insuperáveis que sejam os obstáculos ao nosso entendimento, uma espécie canina existente, por mais estranha, não se extingue, pelo menos não se extingue facilmente, não sem que, em cada espécie, exista algo que resiste com êxito.

Se isso é válido para uma linhagem tão excêntrica, absurda, exteriormente estranhíssima, inepta para a vida como a que se destinam os cães aéreos, não será possível assumi-lo também para a minha espécie de cão? Por falar nisso, na aparência não sou em absoluto original: classe média comum, que pelo menos nesta região é muito frequente e não se sobressai por nada em especial, não sendo tampouco desprezível por nada particular; na minha juventude e em parte ainda na idade madura, enquanto não me negligenciei e me movimentei bastante, fui até um cão bem bonito. Elogiavam-me particularmente a parte anterior, as pernas esguias, a bela postura da cabeça; também meu pelo cinza-branco-amarelo, que só se encaracolava nas pontas, agradava muito — tudo isso não é algo singular, singular é apenas meu ser, mas este também é — coisa que nunca devo perder de vista — bem estabelecido na natureza geral dos cães. Ora, se até o cão aéreo não permanece sozinho, já que no vasto mundo dos cachorros sempre se encontra um, aqui e ali, e voltam até a se reproduzir continuamente do nada, então posso viver com a firme esperança de que não estou perdido. Sem dúvida meus congêneres precisam ter um destino especial, a existência deles não me ajudará tangivelmente já pelo fato de que mal vou reconhecê--los. Nós somos aqueles aos quais o silêncio oprime, que literalmente querem rompê-lo por fome de ar; aos outros parece que vai tudo bem no silêncio, embora isso não seja mais que aparência, como no caso dos cães músicos, que aparentemente praticavam música com tranquilidade, mas de fato estavam muito excitados; a aparência, porém, é forte, tenta-se superá-la, mas ela zomba de qualquer ataque. Como é que se ajudam uns aos outros meus companheiros de raça? Que aspecto têm suas tentativas de viver, não obstante tudo? Isso pode assumir formas diversas. Eu o tentei com minhas perguntas enquanto era jovem. Talvez pudesse portanto ater-me aos que perguntam muito e aí, então, teria meus camaradas. Por um lapso de tempo procurei isso pela autossuperação — ou seja: sobrepondo-me a mim mesmo, pois me interessam sobretudo os que costumam responder; aqueles que podem constantemente atravessar meu caminho com perguntas que na maioria das vezes não sei responder me são repulsivos. E, depois, quem não gosta de perguntar quando é jovem? Como, entre tantas perguntas, devo selecionar as que são justas? Uma pergunta soa como a outra, depende da intenção, que no entanto permanece oculta, muitas vezes até a quem a faz. E o mais importante é que perguntar constitui uma peculiaridade dos cães em geral; todos perguntam desordenadamente, é como se com isso o vestígio das perguntas corretas fosse apagado. Não, entre os jovens que fazem perguntas não encontro meus companheiros de estirpe e, tampouco entre os que silenciam, os velhos, dos quais agora faço parte. Mas qual é o alvo das perguntas? Não cheguei a nada com elas, provavelmente meus comparsas são muito mais espertos, empregando meios totalmente diferentes e magníficos para tolerar esta vida; meios, sem dúvida, que — como acrescento por iniciativa própria — talvez os ajudem na aflição, acalmem-nos, adormeçam-nos, transformando a espécie, mas que num plano geral, são igualmente impotentes como os meus, pois, até onde enxergo, não diviso nenhum sucesso. Temo reconhecer meus companheiros de raça em tudo o mais, menos no êxito. Onde estão, portanto, meus congêneres? Sim, esta é a queixa — precisamente esta. Onde estão eles? Por toda parte e em lugar algum. Talvez seja meu vizinho, a três pulos de distância de mim; é frequente que chamemos um ao outro, ele vem até mim e eu não vou até ele. É meu congênere? Não sei, não reconheço nada semelhante nele, mas é possível. Pode até ser, mas apesar disso nada é mais improvável. Quando ele está distante, posso, por brincadeiras, recorrendo a toda a minha fantasia, descobrir nele algum traço suspeitamente familiar, mas então ele fica diante de mim, e todas as minhas invenções fazem rir. Existe aqui um cão velho, um pouco menor ainda que eu — mal tenho um tamanho médio —, marrom, de pelo curto, uma cabeça que pende cansada, passos bem vagarosos e que, além disso, arrasta um pouco a perna posterior esquerda em consequência de uma doença. Faz muito tempo que não mantenho contato tão próximo com alguém como com ele; fico satisfeito em saber que ainda posso suportá-lo passavelmente, e, quando ele vai embora, eu me despeço ladrando-lhe as coisas mais amistosas, não decerto por amor, mas zangado comigo mesmo, uma vez que, quando vou atrás dele, torno a achá-lo de novo totalmente detestável, vendo a maneira como se arrasta pelo caminho com a pata enferma e a parte traseira baixa demais. Muitas vezes é como se quisesse escarnecer de mim mesmo quando, em pensamento, o chamo de meu camarada. Também em nossas conversas ele não revela nada que traia algum tipo de camaradagem; na verdade, é inteligente e, em relação ao nosso meio, bastante culto, e eu poderia aprender muito com ele, mas será que estou em busca de inteligência e cultura? Habitualmente conversamos sobre questões locais e, como, por causa de minha solidão, fiquei mais clarividente nesse aspecto, me assombra quanto engenho é necessário — até em condições médias não por demais desfavoráveis — para ir vivendo e se protegendo dos grandes perigos usuais. Na realidade é a ciência que fixa as normas; mas não é fácil, de modo algum, entendê-la nem mesmo à distância e nos seus traços principais mais grosseiros; quando alguém as entendeu é que vem o realmente difícil — aplicá-las exatamente às situações locais; neste caso praticamente ninguém é capaz de ajudar; quase cada hora apresenta novas tarefas e cada novo pedacinho de terra as suas próprias; ninguém pode afirmar sobre si mesmo que se instalou de modo definitivo em algum lugar e que agora sua vida, de algum modo, corre sozinha — nem eu, cujas necessidades vão se estreitando literalmente de dia para dia. E todo esse esforço infindável — qual o seu objetivo? Sem dúvida, só para enterrar-se cada vez mais no silêncio e para nunca nem por ninguém poder ser arrancado dali.

Louva-se com frequência o progresso geral da comunidade dos cães através dos tempos, entendendo por isso principalmente o progresso da ciência. É evidente que a ciência progride, isso é irresistível, avança até em passos acelerados, sempre mais rápida, mas o que há nisso para ser louvado? É como pretender elogiar alguém porque, à medida que os anos passam, ele fica mais velho e, em consequência disso, se aproxima com maior velocidade da morte. É um processo, naturalmente, e além disso feio, no qual não acho nada digno de louvor. Vejo apenas declínio, com o que não quero dar a entender que, em essência, as gerações anteriores foram melhores; eram apenas mais jovens, essa era sua grande vantagem; sua memória ainda não estava tão sobrecarregada quanto a atual; naquela época era mais fácil fazê-las falar e, se ninguém teve êxito, a possibilidade era maior; é essa maior possibilidade, por sinal, o que nos excita tanto ao escutar aquelas velhas histórias, apesar de tudo verdadeiramente cândidas. Aqui e ali ouvimos uma palavra alusiva e quase temos vontade de saltar em pé, não sentíssemos sobre nós o peso dos séculos. Não; o que também objeto à minha época é que as gerações anteriores não foram melhores que as mais novas, num certo sentido foram muito piores e mais fracas. Certamente os milagres também não circulavam, então, livres pelas ruas para ser colhidos por qualquer um; mas os cães ainda não eram — não consigo exprimi-lo de outro modo — tão caninos como hoje em dia, a conexão entre os membros da comunidade ainda era solta, a palavra verdadeira podia ainda intervir, definir a construção, mudar o tom, alterar segundo qualquer desejo, virá-la em sentido contrário; e aquela palavra existia, pelo menos estava perto, pairava na ponta da língua, todos podiam apreendê-la: para onde ela foi agora? Hoje seria possível buscá-la até nas tripas e não encontrá-la. Talvez nossa geração esteja perdida, mas é mais inocente do que as de então. A dúvida da minha geração é algo que posso entender; não é mais de modo algum hesitação, é o esquecimento de um sonho sonhado faz mil noites e mil vezes esquecido: quem vai se enfurecer conosco justamente por causa do milésimo esquecimento? Mas creio compreender a hesitação dos nossos antepassados, provavelmente não teríamos agido de modo diferente; quase diria: sorte nossa que não fomos os que precisaram carregar a culpa; que em vez disso podemos correr ao encontro da morte num mundo já ensombrecido por outros, num silêncio quase inocente. Quando nossos antepassados se desencaminhavam, certamente mal pensavam que esse erro poderia ser infinito, viam, literalmente, ainda uma encruzilhada, era sempre fácil regressar e quando hesitavam em fazê-lo era só porque ainda queriam desfrutar, por um tempo breve, da vida canina; não era ainda propriamente uma vida canina e já lhes parecia embriagadoramente bela, como só mais tarde devia se tornar, pelo menos um pequeno espaço de tempo mais tarde e por isso continuavam a se desviar. Não sabiam o que podemos intuir pela observação do curso da história: que a alma migra, mais cedo que a vida, e que eles, quando começaram a fruir a existência de um cão, já precisavam ter uma alma canina bem velha e não estavam mais, de modo algum, tão próximos do ponto de partida como lhes parecia ou como seu olho regalado em todas as alegrias dos cães queria fazer acreditar. E quem pode hoje ainda falar de juventude? Eles eram os autênticos cães jovens, mas sua única ambição, infelizmente, estava orientada no sentido de se tornarem velhos, algo que não lhes podia faltar, como todas as gerações posteriores provam e a nossa, melhor que todas.

Naturalmente não falo sobre todas essas coisas com o meu vizinho, mas com frequência penso nelas quando estou sentado diante dele — esse típico cão velho — ou afundo o focinho no seu pelo, que já tem o bafejo típico que o pelame arrancado retém. Não teria sentido conversar com ele acerca desses assuntos, da mesma forma que com qualquer outro. Sei como seria o curso da conversação. Ele teria algumas pequenas objeções aqui e ali, finalmente concordaria — a concordância é a melhor arma — e a questão estaria sepultada; mas por que, afinal de contas, se esforçar para retirá-la do sepulcro? E apesar de tudo talvez haja um acordo que vai mais fundo que as meras palavras com o meu vizinho. Não me canso de afirmar isso, embora não tenha provas e talvez o que esteja subjacente, nesse passo, seja apenas um simples engano, porque desde faz muito tempo é o único cão com que trato e portanto preciso me ater a ele. "Você talvez seja, à sua maneira, o meu camarada. Não se envergonha por tudo ter saído mal para você? Veja, para mim foi a mesma coisa. Se estou só, uivo por causa disso; venha, a dois é mais ameno", penso assim às vezes e fito-o com firmeza nesse momento. Aí ele não baixa a vista, mas também não se pode tirar nada dele, olha apático para mim e se admira porque me calo, interrompendo nossa conversa. Talvez, no entanto, seja justamente esse olhar a maneira que ele tem de indagar, e eu o decepciono tanto quanto ele me decepciona. Na minha juventude, se para mim, na época, não tivessem sido mais importantes outras perguntas e não fosse tão autossuficiente como era, eu teria quem sabe feito a ele perguntas em voz alta, teria recebido uma fraca aprovação e portanto menos que hoje, uma vez que ele se cala. Mas não silenciamos todos igualmente? O que me impede de acreditar que são todos meus camaradas, que não tinha apenas ora aqui, ora ali, um colega de pesquisa, que com seus minúsculos resultados está sumido e esquecido e ao qual não posso chegar de modo algum através da escuridão dos tempos ou do aperto do presente, que ao contrário de todos, desde sempre, possuo companheiros que se empenham à sua maneira, todos malsucedidos a seu modo, silenciando todos ou astutamente palrando à sua maneira, conforme a investigação sem esperança costuma acarretar? Nesse caso porém eu não teria absolutamente precisado me isolar; poderia calmamente permanecer entre os outros, não teria necessitado, como uma criança malcriada, forçar passagem nas filas dos adultos, que querem, igualmente como eu, sair e entre os quais só me desconcerta sua inteligência das coisas, que lhes diz que ninguém sai e que toda insistência é tola.

Esses pensamentos se devem claramente à ação do meu vizinho; ele me confunde, me torna melancólico; e da parte dele — pelo menos ouço-o dizer — é alegre o suficiente quando está no seu ambiente natural, gritando e cantando de tal modo que me aborrece. Seria bom renunciar também a esta última relação, não ir atrás de vagos devaneios, como todo contato entre cães inevitavelmente gera, por mais endurecido que se julgue estar;

e o breve tempo que me resta, empregar exclusivamente na minha investigação. Quando ele vier da próxima vez, vou me enrodilhar todo e fingir que estou dormindo e repeti-lo até que ele não apareça mais. Também nas minhas investigações se insinuou a desordem, deixo as coisas andarem, me canso, fico trotando de uma maneira apenas mecânica por onde antes corria entusiasmado. Recordo-me do tempo em que comecei a pesquisa com a pergunta "De onde a terra retira seu alimento?". Certamente vivia, naquela época, no meio do povo, irrompia nos lugares onde a multidão era a mais densa possível, queria fazer de todos testemunhas dos meus trabalhos, esse grupo de testemunhas era até mesmo mais importante para mim que o meu trabalho; uma vez que ainda esperava algum resultado de ordem geral, recebia, obviamente, grande alento, que só se perdeu para o solitário que sou. Mas naquele tempo eu era tão forte que fiz alguma coisa — o que é inaudito —, contradizendo todas as nossas leis fundamentais, circunstância de que sem dúvida qualquer testemunha ocular da época se lembra como algo insólito. Descobri na ciência, que habitualmente tende à especialização ilimitada, uma simplificação curiosa, num certo aspecto. Ela ensina que no essencial a terra produz nossa nutrição e, depois de ter estabelecido esse princípio, dá os métodos com os quais podem ser conseguidas as variadas comidas nas melhores condições e na maior quantidade. Ora, evidentemente é certo que a terra produz o alimento, ninguém pode duvidar disso, mas não é tão simples como comumente se apresenta a questão, excluindo toda pesquisa posterior.

Tomem-se como exemplo os casos mais primitivos, que se repetem diariamente. Se fôssemos totalmente inativos como eu quase sou, se, depois de trabalhar superficialmente a terra, nos enrolássemos nela e aguardássemos para ver o que acontecia, pois bem, nesse caso — supondo que houvesse um resultado — encontraríamos o alimento sobre a terra. Mas essa não é a regra geral. Quem conservou um pouco de desenvoltura diante da ciência — há poucos deles, decerto, pois os círculos que a ciência trai tornam-se cada vez maiores — irá reconhecer facilmente, mesmo que não tenha partido de observações especiais, que a parte principal dos alimentos que depois se encontram sobre a terra vem de cima; é conforme nossa destreza e avidez que agarramos a maioria antes que toque a terra. Não quero dizer com isso nada contra a ciência, é a terra que produz naturalmente esse alimento. Se um é extraído de suas entranhas e que o outro caia do alto talvez não seja uma diferença fundamental, e a ciência que estabeleceu que em ambos os casos é necessário trabalhar a terra talvez não tenha de se ocupar dessas diferenças e, portanto, é como se diz: "Se você está com a comida na boca, então desta vez resolveu todos os problemas". Só que me parece que a ciência se ocupa, pelo menos em parte, com essas coisas de forma camuflada, uma vez que reconhece dois métodos principais de conseguir alimentos, a saber: o trabalho da terra propriamente dito e, depois, o de complementação e refinamento na forma de ditos, dança e canção. Descubro aqui uma partição em dois — senão de maneira completa, mas suficientemente clara — que corresponde à diferença que fiz. O trabalho do solo serve, na minha opinião, à obtenção dos dois tipos de alimento e continua indispensável; mas os ditos, a dança e a canção dizem menos respeito à nutrição do solo em sentido estrito e sim à coleta do alimento que vem de cima. Essa minha concepção é reforçada pela tradição. Neste ponto o povo parece corrigir a ciência sem o saber e sem que a ciência ouse se defender. Se, como deseja a ciência, aquelas cerimônias deviam servir apenas ao solo, para dar-lhes, talvez, força capaz de apanhar o alimento do alto, então elas teriam de se realizar — em consequência disso — no próprio solo, sussurrar tudo a ele, oferecer-lhe todos os saltos, todas as danças. A ciência sem dúvida não exige outra coisa também do meu saber. E o curioso é que o povo se dirige para o alto com todas as suas cerimônias. Não se trata de uma ofensa à ciência, ela não o proíbe, confere aqui ao agricultor a liberdade, pensa segundo suas doutrinas apenas no solo e, se o lavrador executa seus ensinamentos relativos à terra, ela fica satisfeita; mas em minha opinião seu raciocínio deveria exigir mais, a rigor. E eu, que nunca fui iniciado mais a fundo na ciência, não posso em absoluto imaginar como os sábios podem tolerar que nosso povo, dado às paixões como é, brade para as alturas suas fórmulas mágicas, pranteie nos ares nossas antigas canções folclóricas e execute passos de dança como se — esquecendo-se do chão — quisesse elevar-se para sempre acima dele. Meu ponto de partida foi dar destaque a essas contradições; limitei-me, sempre segundo as teorias da ciência — quando se aproximava a época da colheita —, inteiramente

182

às questões do solo; raspava-o dançando, virava a cabeça para estar o mais perto possível do chão. Mais tarde cavei um buraco para o focinho e era assim que cantava e declamava, de modo que só a terra escutava, e mais ninguém, fosse do meu lado ou acima de mim. Os resultados da investigação foram mínimos. Às vezes eu não recebia a comida e logo queria festejar minha descoberta, mas depois voltava a recebê-la, como se da primeira vez tivessem ficado confusos com meu comportamento estranho; agora no entanto reconheço a vantagem que ele proporciona e renuncio com prazer aos meus gritos e saltos. Com frequência a comida vinha até mais abundante do que antes, mas depois também não me davam de novo absolutamente nada. Fazia com uma aplicação — até aquele momento desconhecida aos cães jovens — apresentações precisas de todos os meus experimentos, julgava encontrar aqui e ali uma pista que poderia levar-me em frente, mas depois ela se perdia outra vez na indefinição. Era indiscutível que contribuía para isso, também, meu preparo científico insuficiente. Onde eu tinha a prova de que, por exemplo, a falta de comida não fora provocada pelo meu experimento e sim pela exploração não científica do solo? Mas, se realmente era assim, então todas as minhas conclusões eram insustentáveis. Em determinadas condições eu poderia ter realizado um experimento quase tão preciso; isto é, se tivesse conseguido, totalmente sem a elaboração da terra — uma vez pela cerimônia, dirigida ao alto, da descida do alimento; depois, pela cerimônia exclusiva do solo, chegado à falta de comida. Procurei também algo dessa natureza, mas sem uma crença firme e sem as condições adequadas de uma investigação genuína, pois, em minha inabalável opinião, pelo menos uma certa preparação do solo é sempre necessária e, mesmo se os heréticos, que não acreditam nisso, tivessem razão, não seria possível decerto comprová-lo, já que o borrifamento do solo ocorre sob um certo impulso e, dentro de certos limites, não pode ser evitado. Um outro experimento, seja como for um pouco colateral, deu melhor resultado para mim e causou alguma sensação. Complementando a costumeira captação do alimento no ar, decidi deixar o alimento de fato cair no chão, mas sem o recolher. Com esse objetivo em mente eu sempre dava um pequeno salto no ar quando o alimento vinha; mas ele era sempre calculado de uma forma que não bastava; na maioria das vezes ele caía surdo e indiferente no chão e eu me atirava com fúria em cima, com a fúria não só da fome, mas também da decepção. Em casos isolados, no entanto, acontecia outra coisa, algo em verdade maravilhoso: o alimento não caía, mas me acompanhava no ar — ele perseguia o faminto. Isso não ocorria por um longo espaço, só por um trecho curto, depois o alimento caía ou desaparecia por completo, ou — caso mais frequente — minha avidez terminava prematuramente o experimento e eu devorava o que quer que por acaso fosse. De qualquer modo eu estava feliz naquela época; no meu ambiente começou a correr certo rumor, os companheiros ficaram intranquilos e atentos, achei meus conhecidos mais acessíveis às minhas perguntas, vi nos seus olhos um brilho que buscava alguma ajuda, podia ser também só o reflexo dos meus próprios olhares, não queria outra coisa, estava satisfeito. Até que me dei conta, porém — e outros se deram conta comigo —, de que esse experimento estava descrito fazia muito tempo na ciência, muito mais bem-sucedido e grandioso que o meu, que na verdade havia muito não podia mais ser realizado por causa da dificuldade do autodomínio que ele exige, além do que também não devia mais ser repetido em função de sua falta de importância científica. Prova apenas o que já se sabia, ou seja, que o solo não só apanha o alimento de cima para baixo, como também de forma inclinada, até mesmo em espiral. Lá estava eu, então, não exatamente desestimulado, para isso era jovem demais; pelo contrário, fui animado por essa via à realização quem sabe mais importante de minha vida. Não acreditava na desvalorização científica do meu experimento, mas neste caso a crença não ajuda, só a prova, e era ela que eu queria conseguir, desejando nesse passo colocar essa experiência algo deslocada em plena luz, no centro da pesquisa. Queria provar que, se eu recuava dos alimentos, não era o chão que os puxava de viés para si, mas sim que era eu que os atraía para trás de mim. O experimento não podia, de qualquer modo, ser mais expandido; ver a comida e ter de fazer experiência científica era algo que não se suportava por muito tempo. No entanto eu queria fazer outra coisa — queria, enquanto aguentasse, jejuar por completo, evitar, de todo modo, nesse lance, qualquer visão do alimento, afastar toda tentação. Caso me retirasse assim, deitado de olhos fechados, dia e noite, não me preocupando nem em me levantar, nem em apanhar a alimentação e, como não ousava afirmar, mas tinha uma leve esperança, sem todas as demais medidas, com exceção da inevitável e irracional ação de regar o chão e o repetir silencioso dos ditos e canções (pretendia deixar a dança para não me enfraquecer), de que o alimento caísse espontaneamente e, sem se importar com o solo, batesse na minha dentadura para entrar — se isso acontecesse, então a ciência não estava de fato desmentida, pois tem elasticidade suficiente para exceções e casos isolados, mas será que o povo iria dizer que felizmente não tem tanta elasticidade assim? Nesse ponto não haveria nenhum evento excepcional do tipo que a história oferece — de que talvez alguém, por causa da doença física ou da perturbação mental, se recusa a preparar, buscar, recolher o alimento, e aí então a comunidade dos cães se reúne em suas fórmulas de exorcismo, alcançando com isso um desvio do alimento do seu caminho natural diretamente para a boca do doente. Eu, pelo contrário, estava em pleno vigor e saúde, meu apetite era tão excelente que me impedia, dias a fio, de pensar em outra coisa senão nele; submeti-me, acredite ou não nisso, voluntariamente ao jejum; era capaz até de cuidar da descida da alimentação e desejava também fazê-lo, mas não precisava de ajuda alguma dos cães e até os proibia de prover esse auxílio da forma mais peremptória.

Procurei um lugar adequado, numa mata distante, onde não iria ouvir falar em comida, paladares e trituração de ossos; comi abundantemente uma só vez e depois me deitei. Queria, na medida do possível, passar o tempo todo de olhos fechados; enquanto a comida não viesse, seria para mim noite ininterrupta, durasse ou não dias e semanas. Paralelamente — e isso representava um problema sério — podia de algum modo dormir pouco ou, melhor ainda, me privava completamente do sono, pois não precisava apenas esconjurar o alimento para ele descer, mas também ficar atento para não dormir no momento em que ele chegasse; por outro lado o sono era muito bem-vindo, pois dormindo eu podia jejuar por muito mais tempo do que acordado. Por essas razões decidi subdividir cuidadosamente o tempo e dormir muito, mas sempre por um lapso muito breve. Consegui isso mantendo a cabeça sempre apoiada num galho fraco, que logo se quebrava e assim me despertava. Desse modo eu me deitava, dormia ou vigiava, sonhava ou cantava baixinho para mim mesmo. O primeiro tempo decorreu sem incidentes, talvez porque ainda no lugar de onde provêm os alimentos não houvessem percebido, de alguma maneira, que eu aqui me conduzia contra o curso usual das coisas, e, sendo assim, tudo permaneceu calmo. O que me perturbava um pouco, nesse meu esforço, era que os cães notassem minha falta, logo me encontrassem e empreendessem alguma coisa contra mim. Um segundo temor era que o simples ato de regar o solo, embora fosse um chão árido segundo a ciência, produzisse o assim chamado alimento casual e que seu aroma me seduzisse. Mas por enquanto não acontecia nada dessa natureza e eu podia continuar jejuando. Pondo de lado esses temores, a princípio me mantive tranquilo como nunca ainda havia notado em mim mesmo. Embora eu aqui trabalhasse, evidentemente, na suspensão da ciência, sentia-me bastante satisfeito e na placidez proverbial do trabalhador científico. Nos meus devaneios em que pedia perdão à ciência — nela também se encontrava um espaço para minhas pesquisas —, soava como um consolo nos meus ouvidos o fato de que, por mais bem-sucedidas que ainda fossem minhas investigações e particularmente mais tarde não estivessem perdidas, de forma alguma, para a vida dos cães, a ciência, amistosamente inclinada para mim, procederia ela mesma à interpretação dos meus resultados, e essa promessa já significava a própria realização dos meus sonhos; se bem que no mais íntimo me sentisse até agora repelido e transpondo as barreiras do meu povo como um selvagem, eu seria, apesar de tudo, acolhido com grandes honras; a calidez almejada dos corpos reunidos dos cães me envolveria: seria alçado aos ombros da minha comunidade. Curioso efeito da primeira fome. Meu desempenho me parecia tão grande que, movido pela comoção e piedade comigo mesmo, comecei a chorar lá no meio da mata silenciosa, o que — seja como for — não era de todo compreensível, pois, se eu esperava a recompensa merecida, por que chorava então? Certamente só de puro gosto. Sempre que esteve confortável para mim — o que era bastante raro — chorei. Sem dúvida depois tudo passava. As belas imagens se desvaneciam, gradativamente com a séria realidade da fome; não levava muito tempo e eu estava, depois de uma rápida despedida de todas as fantasias e de toda comoção, totalmente só, com a fome ardendo nas entranhas. "A fome é isto", dizia para mim mesmo inúmeras vezes, como se quisesse me fazer acreditar que a fome e eu ainda fôssemos sempre duas coisas distintas e eu pudesse livrar-me dela com um tranco, como se se tratasse de um amante tedioso, mas na realidade éramos uma só coisa extremamente dolorosa e, quando explicava a mim mesmo: "Isto é a fome", na realidade era a fome que falava e fazia troça comigo. Um tempo mau, muito mau! Estremeço quando penso nele, certamente não só por causa da dor que então passei, mas acima de tudo porque, na época, não havia chegado ao termo, porque precisava provar outra vez essa dor se quisesse alcançar alguma coisa, pois ainda hoje considero a fome o meio último e mais poderoso da minha investigação. O caminho passa pela fome, o mais alto só pode ser atingido pelo desempenho máximo, se é que o mais alto é capaz de ser alcançado — e esse desempenho mais elevado é entre nós o jejum voluntário. Quando portanto reflito a fundo sobre aqueles tempos — e a vida inteira os revolvo com gosto —, reflito também nos tempos que me ameaçam. Parece que é necessário deixar transcorrer quase toda uma existência antes que se refaça dos efeitos de uma tentativa dessas; meus anos todos de adulto me separam daquele gesto de jejuar, mas ainda não estou recomposto. Se em breve eu recomeçá-lo, terei talvez mais poder de resolução do que antes, em consequência de minha maior experiência e percepção quanto às necessidades da tentativa, mas minhas forças agora são menores; em comparação com a situação daquela época, pode ser que na atual eu desfaleça à simples espera do suplício conhecido. Meu apetite mais fraco não vai me ajudar; desvaloriza só um pouco a tentativa e provavelmente me obrigará ainda a jejuar por mais tempo do que teria sido necessário da outra vez. Sobre esse e outros pressupostos acredito ter clareza; não faltam os experimentos preliminares nesse longo meio-tempo; várias vezes literalmente mordi a fome, mas não era forte o suficiente para chegar ao extremo, e a ingênua agressividade da juventude naturalmente sumiu para sempre. Desapareceu já no meio do jejum. Considerações diversas me atormentavam. Ameaçadores, me apareciam nossos pais primitivos. Na verdade eu os considero, embora não ouse dizê-lo em público, culpados por tudo; foram eles que provocaram a vida de cão e eu podia, portanto, responder facilmente às suas ameaças com contra-ameaças, mas vergo-me diante do seu saber; ele emana de fontes que não conhecemos mais, por isso — e por maior que seja meu ímpeto de lutar contra eles — nunca infringi abertamente suas leis; só escapuli pelas lacunas da lei, para as quais tenho um faro especial. Em relação ao jejum reporto-me à famosa conversa no curso da qual um dos nossos sábios expressou a intenção de proibi-lo, a qual um segundo desaconselhou com a pergunta: "E quem vai jamais jejuar?", e o primeiro se deixou convencer e retirou a proposta de proibir. Mas agora volta a questão: "A rigor, o jejum está ou não interditado?". A grande maioria dos comentadores a nega e sustenta que o problema de jejuar é optativo; alinham-se com o segundo sábio e por esse motivo não temem más consequências nem de uma interpretação equivocada. Assegurei-me disso bem antes de dar início ao jejum. Mas o fato é que quando me retorcia de fome, já começando a delirar, sempre buscava salvação recorrendo às minhas pernas traseiras: lambia-as desesperadamente, mascava-as, sugava-as de alto a baixo até o traseiro; a interpretação universal daquela conversa me parecia inteiramente falsa; amaldiçoava a ciência exegética, amaldiçoava a mim mesmo, que me deixara conduzir ao erro; a conversa continha sem dúvida muito mais que uma única proibição do jejum, como qualquer criança podia reconhecer. O primeiro sábio queria proscrever o jejum, e o que um sábio quer é ponto pacífico; jejuar, portanto, estava proibido; o segundo sábio não só concordava com o primeiro como chegava até a considerar o jejum impossível; sendo assim, à primeira proibição se acrescentava uma segunda — a interdição da própria natureza do cão; o primeiro sábio reconheceu isso e retirou a proibição expressa, ou seja: mandou que os cães — esclarecido tudo o que antecede — exercitassem a percepção e proibissem o jejum a si próprios. Isto é: uma proibição tripla em vez da simples primeira — e eu a tinha infringido. Ora, se eu ao menos tivesse obedecido agora, com atraso, e cessado de jejuar, evidenciava-se que no meio dessa dor continuava a passar também uma tentação para levar adiante o jejum e eu sucumbia a ela, lúbrico, como se estivesse seguindo um cão desconhecido. Não conseguia parar, talvez já estivesse fraco demais para me levantar e chegar a salvo a lugares habitados. Revolvia-me de lá para cá sobre meu leito de folhas secas, não podia mais dormir, ouvia barulho por toda parte; o mundo que havia dormido durante minha vida até aquele momento parecia despertado por obra da minha fome, dava-se a impressão de que eu nunca mais poderia comer porque para isso teria de voltar a reduzir ao silêncio esse universo livremente ruidoso, e isso eu não estava em condições de fazer; de qualquer maneira o rumor maior era o que provinha do meu ventre, muitas vezes colocava a orelha sobre ele e devo ter arregalado os olhos de horror, pois mal podia acreditar no que escutava. E, à medida que o processo se aguçava, parecia que a vertigem também se apoderava de minha natureza — esta efetuava tentativas inúteis de salvação; comecei a sentir o cheiro de comida, comida selecionada, que fazia muito tempo eu não comia, alegrias da minha infância; sim, sentia o aroma dos seios de minha mãe; esqueci minha decisão de opor resistência aos odores, ou melhor: não a esqueci. Com essa decisão, como se ela fosse oportuna, me arrastava para todos os lados, sempre um par de passos apenas e ficava farejando, como se desejasse a comida só para me proteger dela. O fato de não encontrar nada não me decepcionava: os alimentos estavam ali, a alguns passos somente de distância; as pernas é que fraquejavam antes. Ao mesmo tempo, entretanto, eu sabia que ali não havia absolutamente nada, que eu realizava os pequenos movimentos só de medo de um colapso definitivo num lugar que nunca iria deixar. As últimas esperanças desapareceram, as últimas tentações: sucumbiria ali mesmo, miseravelmente; o que contavam minhas investigações, tentativas pueris de um tempo feliz da infância? Aqui e agora o assunto era sério, aqui a pesquisa teria sido capaz de provar seu valor, mas onde ela estava? Neste lugar havia apenas um cão que prendia na boca, desamparado, o vazio; que na verdade ainda regava, numa rapidez compulsiva, sem o saber, o solo; mas que não conseguia encontrar mais na memória o mínimo que fosse daquela miscelânea de fórmulas mágicas, nem mesmo o versinho com que os recém-nascidos se encolhem sob a mãe. Para mim, era como se aqui não estivesse separado dos irmãos por uma curta corrida, mas infinitamente longe de todos eles, e como se, na realidade, fosse morrer não de fome, mas por abandono. Era sem dúvida visível que ninguém se preocupava comigo, ninguém sob a terra, ninguém sobre ela, ninguém no alto; ia me arruinar por sua indiferença, uma indiferença que dizia: "ele está morrendo, e isso vai acontecer". Não é que eu estava de acordo? Não afirmava a mesma coisa? Não havia desejado essa solidão? Sim, cães, mas não para terminar aqui deste modo, mas para ir além, onde está a verdade; para ir embora deste mundo de mentira, onde não se encontra ninguém com quem se possa saber a verdade, nem de mim mesmo, cidadão nato da mentira. Talvez a verdade não estivesse longe demais, e eu, por isso, não tão abandonado como supunha — não abandonado pelos outros mas por mim mesmo, que fracassava e morria.

Mas não se morre tão rápido, como julga um cão nervoso. Só desmaiei e, quando voltei a mim e levantei os olhos, vi à minha frente um cão estranho. Não tinha fome, estava me sentindo forte, minhas articulações respondiam bem, na minha opinião, embora não tenha me levantado para experimentar. No fundo não enxergava mais que o habitual — um belo cão, não inteiramente fora do comum, estava diante de mim, isso eu via, nada mais que isso, e no entanto acreditava ver nele mais do que o comum. Embaixo de mim havia sangue; no primeiro instante pensei que fosse comida, mas logo notei que era sangue que eu tinha vomitado. Desviei o olhar e o dirigi para o cão estranho. Ele era magro, de pernas compridas, marrom, com uma mancha branca aqui e ali, e tinha um olhar forte, inquiridor.

— O que está fazendo aqui? — disse ele. — Você precisa ir embora.

— Agora não posso ir — disse eu sem maiores explicações, pois nesse caso como iria esclarecer-lhe tudo? E ele também parecia estar com pressa.

— Por favor, vá embora — disse ele e ergueu inquieto uma perna depois da outra.

— Deixe-me em paz — eu disse. — Não se preocupe comigo, os outros também não se preocupam.

— Peço-lhe por sua própria causa — disse ele.

— Pode pedir pelo motivo que quiser — disse eu.

— Não posso ir, mesmo que quisesse.

— Esse defeito você não tem — disse ele sorrindo.

— Você pode andar. Justamente porque parece estar enfraquecido, eu lhe peço que vá embora agora, devagar; se não o fizer, depois terá que correr.

— Deixe isso por minha conta — disse eu.

— Também respondo por ela — disse ele, triste por causa de minha obstinação, e começou então a dar mostras de que me deixaria ali, mas só provisoriamente, aproveitando porém a oportunidade para se aproximar afetuosamente de mim.

Em outras épocas eu o teria permitido com prazer

àquele belo cão, mas então, não sabia por que, me acometeu um senso de horror.

— Fora daqui! — gritei e com tanto maior força porque não tinha outra maneira de me defender.

— Sim, vou deixá-lo — disse ele recuando devagar.

— Você é maravilhoso. Não gosta de mim, então?

— Gostaria se você fosse embora e me deixasse em paz — disse eu, mas já não estava tão seguro quanto pretendia fazê-lo acreditar.

Alguma coisa eu via e ouvia nele com meus sentidos aguçados pela fome; foi assim desde o início, depois cresceu, aproximou-se e aí eu fiquei sabendo que aquele cão de qualquer modo tinha força para me escorraçar, embora eu não pudesse, agora, ter ideia de como poderia jamais ser levantado. E eu o fitava com ansiedade cada vez maior depois que ele só meneara a cabeça mansamente à minha resposta grosseira.

— Quem é você? — perguntei.

— Sou um caçador — respondeu.

— E por que não quer me deixar aqui? — perguntei.

— Você me atrapalha — disse ele. — Não posso caçar quando está aqui.

— Tente — eu disse. — Talvez você ainda consiga caçar.

— Não — disse ele. — Sinto muito, mas você tem de ir embora.

— Deixe de caçar hoje — pedi.

— Não — disse ele. — Tenho de caçar.

— Eu devo ir embora, você deve caçar — eu disse.

— Sempre deveres. Compreende por que devemos?

— Não — disse ele. — Não há aqui nada que compreender, são coisas óbvias e naturais.

— De maneira alguma — eu disse. — Você lamenta ter de caçar e no entanto caça.

— Assim é — disse ele.

— Assim é — repeti com raiva. — Isso não é resposta. Que renúncia é mais fácil para você: renúncia à caça ou renunciar a me mandar embora?

— Renunciar à caça — disse ele sem hesitação.

— Está vendo? Aqui há uma contradição.

— Que contradição? — ele perguntou. — Você, meu caro cãozinho, não entende de fato que eu preciso? Não entende o que é óbvio?

Não respondi mais nada pois percebi — e uma nova vida percorreu meu corpo, uma vida como a que só o susto oferece — percebi, em pormenores imperceptíveis, que talvez ninguém além de mim poderia ter notado, que o cão se preparava para um canto do fundo do peito.

— Você vai cantar — eu disse.

— Sim — ele disse seriamente. — Logo vou cantar, mas agora ainda não.

— Já está começando.

— Não — disse ele. — Ainda não. Mas prepare-se.

— Já estou ouvindo, embora você negue — eu disse, trêmulo.

Ele silenciou. Na hora julguei reconhecer alguma coisa que nenhum cão antes de mim experimentara; pelo menos na tradição não se encontra a mais leve alusão a isso, e com infinita angústia e vergonha mergulhei o rosto na poça de sangue à minha frente. Acreditei mesmo que o cão já cantava, sem ainda o saber, mais: que a melodia, separada dele, pairava no ar segundo sua própria lei e passava por cima dele, como se ele não fizesse parte daquilo, mas visasse somente a mim, a mim. Hoje, naturalmente, renego todas as experiências desse gênero e as atribuo à minha superexcitação da época; mas, ainda que se tratasse de um erro, ele tinha uma certa grandeza: é a única realidade, embora aparente, que resgatei da época da fome para este mundo, e ela mostra, no mínimo, a que ponto podemos chegar, estando completamente fora de nós mesmos. E com efeito eu estava totalmente fora de mim. Em circunstâncias normais teria ficado gravemente enfermo, incapaz de me mover, mas à melodia que o cão logo pareceu reclamar como sua — a essa melodia eu não podia resistir. Tornou-se cada vez mais forte: talvez seu *crescendo* não tivesse limites e nesse momento já quase estourasse meus tímpanos. O pior de tudo, porém, era que ela parecia existir só por minha causa: aquela voz, diante de cuja grandiosidade a floresta emudecia, estava ali só por minha causa; quem era eu, que ousava continuar naquele lugar e me estendia diante dela na minha própria sujeira e no meu sangue? Levantei-me tremendo, olhei-me de alto a baixo; uma coisa dessas não conseguirá correr, pensei ainda, mas perseguido pela melodia já estava voando com os saltos mais estupendos. Não contei nada aos meus amigos, logo à minha chegada provavelmente teria contado tudo, mas depois eu estava fraco demais, mais tarde me pareceu de novo que era algo incomunicável. Alusões que não podia me forçar a suprimir perdiam--se sem deixar vestígios nas conversas. Aliás, fisicamente me recuperei em poucas horas, mentalmente ainda hoje sofro com as consequências.

Mas ampliei minhas indagações à música dos cães. É certo que a ciência também aqui não ficou inativa; a ciência da música, se é que estou bem informado, talvez seja mais abrangente ainda que a dos alimentos e de qualquer modo fundamentada com mais firmeza. Isso se explica por que neste terreno é possível trabalhar mais desapaixonadamente que no outro e também por que aqui se trata de meras observações e sistematizações; no setor dos alimentos, ao contrário, se trata sobretudo de conclusões práticas. Por esses mesmos motivos o respeito diante da ciência da música é maior que o que se tem perante a ciência da alimentação; a primeira, porém, nunca pôde penetrar na consciência do povo tão profundamente como a segunda. Também eu, antes de ter escutado a voz no bosque, senti mais estranheza diante da ciência da música do que de qualquer outra. Na realidade a vivência com os cães musicais já havia apontado para ela, mas na época eu ainda era jovem demais. Não é fácil, também, o acesso a esta ciência, pois tem fama de ser especialmente difícil, fechando-se com grande distinção às multidões. Acresce, na verdade, que a música, no caso daqueles cães, foi a princípio o que mais chamou a atenção, mas mais importante que a música me pareceu sua natureza reservada; para sua música assustadora talvez não tenha encontrado semelhança em parte alguma; podia antes negligenciá-la, mas seu ser eu encontrei então em todos os cães e em todos os lugares. Para penetrar na essência dos cães, as pesquisas sobre a alimentação deram-me a impressão de ser as mais adequadas, levando à meta sem desvios. Quem sabe me enganei a esse respeito. Já naquela época uma suspeita me conduzia à noção de que, de algum modo, devia haver uma zona limítrofe entre as duas ciências. É o aprendizado das canções com as quais se pode obter o alimento. Perturba-me muito, aqui, de novo, o fato de que nunca me aprofundei a sério na ciência da música, e nesse sentido nem ao menos de longe posso figurar entre os chamados semi-instruídos, sempre particularmente desprezados. Isto é algo que preciso a todo momento ter presente. Diante de alguém que conhecesse ciência — e lamentavelmente já tenho provas a esse respeito —, eu me sairia muito mal até no exame científico mais fácil. Pondo de lado as condições de vida já mencionadas, essa circunstância tem sua razão de ser, em primeiro lugar, na minha falta de capacidade para as ciências, em minha exígua faculdade de raciocínio, má memória e sobretudo na impossibilidade de manter sempre à vista a meta científica. Confesso tudo isso a mim mesmo abertamente, inclusive com uma certa alegria. Pois a base mais profunda de minha inabilidade para o trabalho científico me parece ser um instinto — para dizer a verdade, um instinto nada mau. Se quisesse fanfarronar, poderia dizer que foi esse instinto, precisamente, que destruiu minha aptidão científica, visto que seria pelo menos um fenômeno muito curioso que eu, sendo suportavelmente capaz de entender as coisas comuns da vida cotidiana, que decerto não são as mais simples, e compreendendo acima de tudo, se não a ciência, pelo menos os cientistas — o que é demonstrável pelos resultados obtidos — deveria ser, já de início, incapaz de erguer a pata sequer sobre o primeiro degrau da ciência. Talvez tenha sido o instinto que, por amor à ciência, porém de outra ciência muito diversa da que se pratica hoje — de uma ciência que seja verdadeiramente a última —, me fez valorizar a liberdade mais do que tudo o mais. A liberdade! Certamente a liberdade, tal como é possível hoje, é uma planta débil. Mas, de qualquer modo, liberdade, um patrimônio.

O CASAL

A situação geral dos negócios é tão ruim que, às vezes, quando me sobra tempo no escritório, pego eu mesmo a pasta de amostras para visitar pessoalmente os clientes. Entre outras coisas já me propusera, fazia tempo, ir um dia à casa de N., com quem mantivera, antes, uma relação comercial constante, mas que no ano passado, por motivos desconhecidos para mim, quase se desfez. Para inconvenientes como esse também não é necessária a existência de motivos reais; nas relações lábeis de hoje em dia, o que muitas vezes decide é um nada, um estado de ânimo — e do mesmo modo um nada, uma palavra, pode repor tudo em ordem. Mas o acesso até a casa de N. é um pouco complicado; ele é um homem idoso, muito doente nos últimos tempos e, embora ainda mantenha em seu poder as questões de negócio, dificilmente ele próprio ainda vai ao estabelecimento; se alguém deseja falar com ele, precisa ir até sua casa, e uma marcha comercial como essa é coisa que se adia com prazer.

Ontem à noite, depois das seis horas, no entanto, pus-me a caminho; com certeza já não era mais hora de visita, mas o assunto não era para ser julgado socialmente e sim comercialmente. Tive sorte, N. estava em casa; conforme me disseram no vestíbulo, tinha voltado com a mulher de um passeio e estava agora no quarto de seu filho, que se sentia mal e guardava o leito. Fui convidado a entrar também; a princípio hesitei, mas depois prevaleceu o desejo de terminar o mais rápido possível a penosa visita e deixei-me levar como estava, de casaco, chapéu e pasta de amostras, através de um quarto escuro para outro mal iluminado, no qual estavam reunidas algumas pessoas.

Como por instinto, meu olhar recaiu primeiro sobre um agente de negócios que me era demasiado conhecido e em parte meu concorrente. Então ele havia se esgueirado até lá antes que eu chegasse! Sentava-se, confortavelmente, bem ao lado da cama do doente, como se fosse o médico; estava ali poderosamente acomodado com seu casaco bonito, aberto e enfunado; seu atrevimento é insuperável; algo semelhante devia pensar também o doente, que lá estava estendido com as maçãs do rosto um pouco avermelhadas de febre e às vezes olhava para ele. Aliás, não é mais jovem esse filho, um homem da minha idade, com uma barba cheia, cortada curto e um pouco revolta em consequência da doença. O velho N., um homem grande, de ombros largos, mas, por causa da moléstia insidiosa, para meu espanto muito emagrecido, curvado e inseguro, ainda estava como acabara de chegar, com o seu casaco de pele, murmurando alguma coisa para o filho. Sua esposa, pequena e frágil, mas extremamente vivaz, embora só no que dizia respeito a ele — para nós outros ela mal olhava —, empenhava-se em despir o casaco de pele dele, o que, em virtude da diferença de altura dos dois, causava algumas dificuldades, mas afinal ela conseguiu. Aliás, talvez residisse nisso o fato de N. estar muito impaciente, tentando alcançar com mãos tateantes, sem parar, a cadeira de descanso, que, depois de despir o casaco de pele, a mulher empurrou para ele com rapidez. Ela mesma levou para fora o casaco sob o qual quase desaparecia.

Agora me parecia ter finalmente chegado minha vez, ou melhor, ainda não havia chegado e certamente não chegaria nunca, neste lugar; se eu tinha a intenção de ainda fazer alguma coisa, precisava ser logo, pois minha sensação era de que aqui as condições para um discurso comercial poderiam tornar-se cada vez mais difíceis; mas plantar-me no lugar para sempre, como parecia estar pretendendo o agente, não era meu estilo; de resto não queria ter para com ele a mínima consideração. Foi assim que comecei, sem cerimônias, a exibir minhas coisas, embora notasse que N., naquele instante, estivesse com vontade de se entreter um pouco com o filho. Infelizmente tenho o hábito, quando me exponho um pouco excitado — e isso acontece muito rápido e naquele quarto de doente mais cedo que de costume —, de me levantar e, durante a exposição, de ir de um lado para outro. No próprio escritório é uma boa medida, mas em casa de estranhos sem dúvida um pouco enfastiante. Mas não era capaz de me dominar, principalmente porque ali me faltava o habitual cigarro. Bem, cada um tem seus maus hábitos e no caso ainda louvo mais os meus, quando comparados com os do agente. Por exemplo, o que se pode dizer do costume que ele tem de jogar de lá para cá, devagar, o chapéu que sustém sobre o joelho e às vezes, de repente, o coloca na cabeça de maneira inesperada? Claro que volta a tirá-lo, como se tivesse sido por distração, mas o manteve um instante na cabeça e repete isso sempre de tempos em tempos. Uma conduta dessas deve ser na verdade considerada não permitida. A mim ela não incomoda, ando de lá para cá, completamente absorvido nas minhas coisas e o ignoro; pode haver pessoas que esse truque do chapéu tire completamente do sério. É evidente que, na minha euforia, desconsidero não só tal aborrecimento, como também não levo ninguém em conta; vejo certamente o que ocorre, mas de certo modo não tomo conhecimento disso enquanto não terminei ou enquanto não escuto objeções ao meu discurso. Assim é que notei, por exemplo, que N. estava muito pouco receptivo; com as mãos nos braços da cadeira, ele girava desconfortavelmente de um lado para outro, não levantava os olhos para mim, mas parecia olhar perdido para o vazio, tão sem participação que a sensação era de que nenhum som do meu discurso, nem mesmo o sentimento de minha ausência, chegava até ele. Todo esse comportamento doentio, que me trazia pouco alento, era algo que de fato eu via, mas apesar disso continuava a falar, como se tivesse ainda a perspectiva de, pelas minhas palavras, pelas minhas ofertas vantajosas — eu mesmo me assustei com as concessões que fiz, concessões que ninguém exigia —, restabelecer finalmente o equilíbrio das coisas. Deu-me também uma certa satisfação o fato de o agente, conforme observei fugazmente, deixar em paz, afinal, o seu chapéu e cruzar os braços no peito; minha exposição, com a qual ele em parte havia contado, parecia provocar um corte sensível nos seus planos. E teria talvez continuado a falar por muito tempo mais, em vista do bem-estar produzido dessa maneira, se o filho, que até então eu negligenciara como pessoa secundária para mim, não houvesse de repente se erguido pela metade na cama e, com o punho ameaçador, não me tivesse feito ficar quieto. Obviamente ele queria ainda dizer alguma coisa, mostrar algo, mas não tinha energia suficiente para fazê-lo. A princípio considerei tudo isso como delírio, mas quando, logo em seguida, olhei involuntariamente para o velho N., compreendi melhor o que acontecia.

N. estava ali sentado com os olhos abertos, vítreos, inchados, que podiam servi-lo por poucos minutos mais, tremendo e inclinado para a frente, como se alguém o segurasse ou batesse na nuca; o lábio inferior, ou melhor, o próprio maxilar inferior, descaía mostrando amplamente as gengivas nuas; o rosto todo estava desencaixado; ele ainda respirava, embora com dificuldade, mas depois, como que liberado, caiu para trás, fechou os olhos, a expressão de algum grande esforço ainda passou pelo seu rosto, e depois foi o fim. Pulei ligeiro até ele, segurei a mão que pendia sem vida, fria, e me fazia estremecer; já não havia mais pulso. Que nós possamos morrer com essa facilidade. Mas agora havia tanta coisa para fazer! E como começar nesta pressa? Olhei em torno procurando ajuda, mas o filho havia puxado a coberta sobre a cabeça, dava para ouvir seus soluços infindáveis; o agente, frio como um sapo, estava sentado firme em sua poltrona, dois passos diante de N., visivelmente disposto a não fazer nada a não ser esperar que o tempo passasse; eu, portanto, era o único que restava para fazer alguma coisa e agora a mais difícil de todas, ou seja, transmitir à esposa, fosse como fosse, de alguma maneira suportável, isto é, de uma maneira que não existe no mundo, aquela notícia. E já estava ouvindo os passos pressurosos e arrastados que vinham do cômodo vizinho.

Ela vinha trazendo — ainda vestida em traje de rua, não tivera tempo para trocar de roupa — uma camisola de dormir, aquecida na estufa, e queria vesti-la no marido.

— Ele adormeceu — disse sorrindo e balançando a cabeça, ao nos ver tão silenciosos.

E com a confiança infinita dos inocentes pegou a mesma mão que eu tinha segurado na minha com repugnância e temor, beijou-a como se fosse num pequeno jogo conjugal e — que cara devemos ter feito os três, vendo aquilo! — N. se moveu, deu um forte bocejo, deixou que vestissem nele a camisola de dormir, tolerou com uma expressão irônica e irritada as censuras carinhosas da mulher a respeito do esforço excessivo durante o passeio longo demais e disse, em contrapartida, para explicar seu adormecimento de outra forma, algo sobre aborrecimento, o que era uma coisa notável. Depois disso deitou-se provisoriamente na mesma cama do filho para não se resfriar no trajeto para um outro quarto; ao lado dos pés do filho sua cabeça foi assentada pela mulher sobre travesseiros que ela trouxera com rapidez. Após o que havia acontecido, nada mais me pareceu digno de espanto. Em seguida N. pediu o jornal da noite, pegou-o sem levar os hóspedes em consideração, ainda leu um pouco, olhou a folha aqui e ali e nesse momento nos disse, com assombroso sentido comercial, algo muito desagradável sobre nossas ofertas, enquanto fazia com a mão livre, sem cessar, movimentos de repúdio, insinuando, com estalos de língua, o gosto ruim na boca que nossos procedimentos comerciais provocavam. O agente não conseguiu se conter e proferiu algumas observações inadequadas; até no seu senso grosseiro ele sentia que o que havia acontecido ali impunha que se criasse algum equilíbrio, mas com o seu estilo, sem dúvida, isso era o menos provável. Despedi-me então rapidamente, estava quase grato ao agente; sem sua presença, não teria reunido a energia de decisão necessária para ir embora naquele instante.

No vestíbulo ainda encontrei a senhora N.; vendo sua figura lamentável disse, pensando em voz alta, que ela me lembrava um pouco minha mãe. E, uma vez que ela ficou em silêncio, acrescentei:

— O que se pode dizer a respeito disso? Ela pode fazer milagres. O que já havíamos destruído, ela o restabeleceu.

Eu havia falado com deliberação de um modo exageradamente lento e claro, pois presumia que a velha senhora tivesse dificuldade de ouvir. Mas ela era com certeza surda, pois sem transição perguntou:

— E o aspecto de meu marido?

Depois de poucas palavras de despedida observei,

por sinal, que ela me confundia com o agente; gostaria de acreditar que, se não fosse por causa disso, teria se mostrado mais confiante em mim.

Em seguida desci a escada. A descida foi mais difícil que, antes, a subida — e nem mesmo esta tinha sido fácil. Ah, que marchas fracassadas na vida dos negócios; e no entanto é preciso continuar suportando o fardo.

DESISTA!

Era de manhã bem cedo, as ruas limpas e vazias, eu ia para a estação ferroviária. Quando confrontei um relógio de torre com o meu relógio, vi que já era muito mais tarde do que havia acreditado, precisava me apressar bastante; o susto dessa descoberta fez-me ficar inseguro no caminho, eu ainda não conhecia bem aquela cidade, felizmente havia um guarda por perto, corri até ele e perguntei-lhe sem fôlego pelo caminho. Ele sorriu e disse:

— De mim você quer saber o caminho?

— Sim — eu disse —, uma vez que eu mesmo não posso encontrá-lo.

— Desista, desista — disse ele e virou-se com um grande ímpeto, como as pessoas que querem estar a sós com o seu riso.

SOBRE OS SÍMILES

Muitos se queixam de que as palavras dos sábios não passam de símiles, mas não utilizáveis na vida diária — e esta é a única que temos. Quando o sábio diz: "Vá para o outro lado", ele não quer significar que se deva passar para o lado de lá, o que, seja como for, ainda se poderia fazer, se o resultado da caminhada valesse a pena; ele no entanto se refere a algum outro lado lendário, a alguma coisa que não conhecemos, que nem ele consegue designar com mais precisão e que, também neste caso, não pode nos ajudar em nada. Todos esses símiles, na realidade, querem apenas dizer que o inconcebível é inconcebível, e isso nós já sabíamos. Porém aquilo com que nos ocupamos todos os dias são outras coisas.

A esse respeito alguém disse: "Por que vocês se defendem? Se seguissem os símiles, teriam também se tornado símiles e com isso livres dos esforços do dia a dia".

Um outro disse: "Aposto que isso também é um símile".

O primeiro disse: "Você ganhou".

O segundo disse: "Mas infelizmente só no símile". O primeiro disse: "Não, na realidade; no símile você perdeu".

POSFÁCIO

UM ESPÓLIO DE ALTO VALOR

Modesto Carone

As *Narrativas do espólio* (*Erzählungen aus dem Nachlass*) não são um título da obra de Kafka, mas uma classificação dela. Referem-se aos textos do autor que ele nunca viu publicados em vida, seja em livros ou periódicos — ao contrário, portanto, dos que foram reunidos e editados, com a revisão e o *nihil obstat* do escritor, entre 1913 e 1924, em sete magros volumes que se tornaram célebres: *Contemplação*, *O veredicto*, *O foguista* (primeiro capítulo do romance inacabado *O desaparecido*, ex-*América*), *A metamorfose*, *Na colônia penal*, *Um médico rural* e *Um artista da fome*, todos eles traduzidos do original e incluídos nesta coleção.

Não é exagero afirmar que essas coletâneas de histórias curtas garantiriam a Kafka, por si sós, um lugar privilegiado na literatura mundial, sem dizer que o promoveriam não apenas a um dos maiores criadores de narrativas breves já conhecidos, mas também a um clássico de primeira ordem da língua alemã. Nesse sentido basta lembrar, ao acaso, de relatos como "Josefina, a Cantora, ou O Povo dos Camundongos", "Primeira dor" (O artista do trapézio), "Diante da lei" (cerne temático do romance *O processo*) ou o surpreendente poema em prosa "Na galeria" — composto de dois parágrafos quase idênticos que colidem e a partir dos quais os sentidos proliferam —, para dar uma ideia das "pequenas histórias" kafkianas, às quais se pode somar, se for o caso, *A metamorfose*, considerada por Elias Canetti uma das mais perfeitas ficções do século XX.

Voltando ao acervo deixado pelo escritor tcheco após sua morte, em 1924, não é possível passar ao largo do episódio da destruição a que ele foi condenado pelo próprio autor. O mandatário e protagonista rebelde dessa tarefa expressamente recusada foi, como se sabe, o amigo e testamenteiro Max Brod — e aqui vale recordar que, no espólio de Kafka, havia *dois* testamentos dispondo sobre a queima de sua herança literária. (A esta altura é útil salientar que apenas um sexto da obra kafkiana veio à luz enquanto ele era vivo.) Os testamentos estavam dirigidos a Brod porque, mais que ninguém entre os conhecidos de Kafka — a família não se interessou pelos escritos —, havia mostrado uma preocupação ativa com a produção do amigo. Esta abrangia todos os textos de ficção, divulgados ou não, os diários, as cartas e os desenhos. Kafka podia esperar, por todos os motivos, que Brod se aplicaria de maneira enérgica ao encaminhamento do seu legado. O primeiro testamento estava datado de 1920/21, o segundo de 1922/23. Os dois documentos autorizam a liquidação do espólio artístico; o primeiro se limita ao que estava apenas *manuscrito* e não publicado, ao passo que o segundo se manifesta também sobre a ficção impressa e renega sua manutenção (exceto o livro *Contemplação*), bem como os artigos e a "prosa menor" já divulgada por revistas e jornais.

Foi por intermédio de Brod que a maior parte desse material valioso — depois de peripécias históricas, como a invasão alemã de Praga e a tensão no Oriente Médio, para onde Brod o levou — encontra-se na Bodleian Library de Oxford e no arquivo literário de Marbach. Muitas cartas ficaram aos cuidados da editora Schocken de Nova York e da Universidade de Yale; o que resta — até onde sabemos — permanece em Praga ou na mão de particulares. Quanto às edições mais modernas, as *Obras completas* começaram a vir à luz pela editora S. Fischer, de Frankfurt, em 1950; em 1958 contava com nove volumes e, em 1974, com onze. Foi com base nesses textos que derivaram numerosas edições parciais, livros de bolso, edições especiais e volumes reunindo várias ficções importantes. Em 1982 deu-se o passo inicial para a edição crítica dos escritos, diários e cartas — uma das referências relevantes das traduções assumidas pela Companhia das Letras.

Para Kafka, *escrever* sempre valeu como vocação essencial, e ele empregava o conceito no sentido mais amplo, desde uma anotação de diário até a redação de uma carta, não se limitando apenas ao trabalho literário, em geral noturno. Segundo a descrição de um biógrafo e especialista, o funcionário da companhia de seguros contra acidentes do trabalho do reino da Boêmia, o escritor-poeta e o epistológrafo estavam, por essa contingência, dia e noite acompanhados pela escrita.

Entretanto, no âmbito mais restrito do espólio, os

resultados do ato de escrever são "narrativas" (*Erzäh-lungen*). Na verdade o termo tem um emprego problemático, e o próprio Kafka encontra, para essas narrativas, outros nomes. A prosa do primeiro livro, *Contemplação*, por exemplo, ele a chama, nas dedicatórias ao editor Rowohlt e aos amigos, de "peças" ou "pequenas peças". Outros textos são apresentados como "histórias". Em relação ao conceito de *Erzählung* (derivado de *erzählen*, narrar), o escritor é extremamente parcimonioso, quando não omisso. Talvez por contaminação, os próprios estudiosos parecem recorrer de má vontade a essa designação, preferindo até mesmo "poemas em prosa" ou "fragmentos de memórias".

O fato, porém, é que o uso de "narrativa" se estabilizou, sobretudo a partir das edições póstumas, e a palavra passou a denominar os textos mais variados tanto em tamanho como em gênero — da fábula ao aforismo, da reflexão mítica à paródia, do épico em miniatura à crítica ficcional da dominação. Tudo no estilo seco e exato, veladamente irônico e alusivo, quando não profético, deste que foi o produtor das imagens mais poderosas do nosso mundo administrado.

Quando Brod tomou a iniciativa de publicar as obras literárias do espólio — tarefa de toda uma vida —, ele começou com os três romances: *O processo*, *O castelo* e *América* (hoje *O desaparecido*). Só depois disso é que retirou, da grande quantidade de material contido nos cadernos da herança kafkiana, as obras mais curtas — as que constam neste livro — que lhe pareceram formalmente completas e coerentes. O primeiro resultado desse empreendimento foi o volume *Durante a construção da muralha da China. Narrativas não impressas e prosa do espólio*, datado de 1931 e ampliado em 1936 sob o título *Descrição de uma luta. Novelas, esboços, aforismos do espólio*, de 1954. A primeira coleção contém dezenove textos, a segunda, 29. Para não deixar de fora nada de artisticamente aproveitável, o testamenteiro editou, em 1953, pela S. Fischer, *Preparativos de um casamento no campo* e *Prosa do espólio. Meditações e Fragmentos*, no qual figuram quatro narrativas fechadas.

Na realidade, o princípio que orientou a seleção original das "narrativas" não foi inteiramente esclarecido, mas as decisões básicas adotadas por Brod em 1931 tornaram-se a tal ponto estabelecidas que parece correto aderir a elas, se possível cotejando o texto com os reparos da edição crítica. Segundo os pesquisadores existe, ao lado delas, uma série de escritos que até hoje não encontraram acesso aos livros postos em circulação, limitando-se a veicular uma impressão ampliada dos trabalhos de Kafka em determinados períodos de sua produção artística.

Embora uma das mais recentes compilações das histórias curtas do autor — o volume *Narrativas na versão original*, de 1996 — não leve em conta as diferenças entre a prosa divulgada em vida por Kafka e a que derivou do espólio por intermédio de Brod (que introduziu grande parte dos títulos), o presente trabalho segue a ordem das *Narrativas completas* organizadas em 1970 (com sucessivas reimpressões) por Paul Raabe, comparando-as, sempre que necessário, com os escritos correspondentes da edição em doze tomos da obra do autor reunida em 1994 por Hans-Gerd Koch.

Ainda nesse contexto é preciso destacar o recorte realizado pelo tradutor, privilegiando as peças produzidas entre os anos de 1914 e 1924 e deixando de lado *Preparativos de um casamento no campo*, de 1904, e *Descrição de uma luta*, de 1907, uma vez que se trata de dois romances inacabados, "pré-kafkianos", que não podem ser literariamente considerados à altura das demais narrativas, que pertencem, todas, ao período das obras-primas iniciado em 1912 com *O veredicto*, a partir do qual o escritor descobriu e consolidou sua forma pessoal de imaginar e compor ficção. Além disso não consta, nestas páginas, a novela *A construção* (quarto volume da coleção Franz Kafka da Companhia das Letras). É conhecido que essa criação poderosa fazia parte, originalmente, do último livro do autor em vida — *Um artista da fome* —, mas, por motivos desconhecidos, ele decidiu substituí-la por "Josefina, a Cantora", e *A construção*, embora umbilicalmente ligada ao canto de cisne de Kafka, tomou o caminho do espólio felizmente preservado da destruição por Max Brod.

Quanto ao conteúdo do livro, é descabido, no âmbito de um posfácio, traçar uma visão mesmo panorâmica de 31 peças das mais variadas extensões e dos temas mais diversos (compare-se, por exemplo, "Pequena fábula" com "Investigações de um cão"). O leitor poderá, no entanto, encontrar nesse todo, que se aproxima involuntariamente da miscelânea, núcleos temáticos bem delimitados. É o caso de narrativas como

"O vizinho" e "O casal", que remetem às tramas do comércio, que Kafka conheceu de perto como filho de um negociante bem-sucedido; outras que envolvem assuntos de direito e administração, de que o jurista de Praga tinha conhecimento profissional ("Sobre a questão das leis", "Advogados de defesa"). Os mitos são objeto da meditação artística, em geral irônica, do criador de *O processo*: veja-se nesse sentido "Prometeu", "Posêidon" e o admirável "O silêncio das sereias", no qual Walter Benjamin distingue em Ulisses um outro Kafka, capaz de resistir à sedução do mito e de propor a deseroização do herói, em suma: uma desmitologização que abarca as grandes sagas da tradição. Mesmo as cidades são tratadas como "símiles": os intérpretes vislumbram Praga na cidade imperial de Pequim ou na amaldiçoada Babel, em cujo "O brasão da cidade" figura o punho fechado que existe na capital tcheca. Também em relação aos personagens-animais, tipicamente kafkianos, o número é considerável: a toupeira gigante em "O mestre-escola da aldeia"; a mescla de gatinho e cordeiro no estranho ser de "Um cruzamento" — um outro Odradek —; o abutre na obra homônima; o gato e o rato em "Pequena fábula", e o cachorro no extraordinário "Investigações de um cão", certamente uma das ficções mais originais e misteriosas da obra de Kafka. A respeito das alusões autobiográficas, que são cifradas e numerosas, basta lembrar a notável história do solteirão Blumfeld, uma das composições mais singulares deste livro.

Esses exemplos podem ser multiplicados e não é arbitrário conceber uma unidade que aproxime as peças escritas durante dez anos de maturidade de Kafka, marcada pela batida inconfundível de sua prosa lapidar, aliada aos matizes mais sutis da alta poesia. Traduzi-la é um árduo prazer — com ênfase nas duas palavras.

O tradutor agradece o estímulo de Heloisa Jahn, da Companhia das Letras, cujo empenho proporcionou as condições de trabalho adequadas.

À Mariangela Nieves, o reconhecimento pela eficaz digitação dos manuscritos.

SOBRE O AUTOR

Franz Kafka nasceu em 3 de julho de 1883 na cidade de Praga, Boêmia (hoje República Tcheca), então pertencente ao Império Austro-Húngaro. Era o filho mais velho de Hermann Kafka, comerciante judeu, e de sua esposa Julie, nascida Löwy. Fez os seus estudos naquela capital, primeiro no ginásio alemão, mais tarde na velha Universidade, onde se formou em direito em 1906. Trabalhou como advogado, a princípio na companhia particular Assicurazioni Generali e depois no semiestatal Instituto de Seguros contra Acidentes do Trabalho. Duas vezes noivo da mesma mulher, Felice Bauer, não se casou — nem com ela, nem com outras mulheres que marcaram a sua vida, como Milena Jesenská, Julie Wohryzek e Dora Diamant. Em 1917, aos 34 anos de idade, sofreu a primeira hemoptise de uma tuberculose que iria matá-lo sete anos mais tarde. Alternando temporadas em sanatórios com o trabalho burocrático, nunca deixou de escrever ("Tudo o que não é literatura me aborrece"), embora tenha publicado pouco e, já no fim da vida, pedido ao amigo Max Brod que queimasse os seus escritos — no que evidentemente não foi atendido. Viveu praticamente a vida inteira em Praga, exceção feita ao período final (novembro de 1923 a março de 1924), passado em Berlim, onde ficou longe da presença esmagadora do pai, que não reconhecia a legitimidade da sua carreira de escritor. A maior parte de sua obra — contos, novelas, romances, cartas e diários, todos escritos em alemão — foi publicada postumamente. Falecido no sanatório de Kierling, perto de Viena, Áustria, no dia 3 de junho de 1924, um mês antes de completar 41 anos de idade, Franz Kafka está enterrado no cemitério judaico de Praga. Quase desconhecido em vida, o autor de *O processo, O castelo, A metamorfose* e outras obras-primas da prosa universal é considerado hoje — ao lado de Proust e Joyce — um dos maiores escritores do século.

M.C.

SOBRE O TRADUTOR

Modesto Carone nasceu em 1937 na cidade de Sorocaba, interior paulista. Escritor e ensaísta, lecionou literatura nas universidades de Viena, São Paulo e Campinas. Publicou ensaios, contos — reunidos em *Por trás dos vidros* — e a novela *Resumo de Ana*. Suas traduções de Kafka, a partir do original alemão, foram iniciadas em 1983. Incluem: *Um artista da fome/ A construção, A metamorfose, O veredicto/ Na colônia penal, Carta ao pai, O processo* (Prêmio Jabuti de Tradução de 1989), *Um médico rural, Contemplação/ O foguista, O castelo* e *Narrativas do espólio*, todos pela Companhia das Letras. Recebeu o prêmio APCA 2009 de melhor livro de ensaio/crítica por *Lição de Kafka*. Faleceu em 2019.

1ª EDIÇÃO [2002] 5 reimpressões

ESTA OBRA FOI COMPOSTA EM GARAMOND BOOK PELO GRUPO DE CRIAÇÃO
E IMPRESSA EM OFSETE PELA GRÁFICA SANTA MARTA SOBRE PAPEL PÓLEN SOFT
DA SUZANO S.A. PARA A EDITORA SCHWARCZ EM AGOSTO DE 2021

A marca FSC® é a garantia de que a madeira utilizada na fabricação do papel deste livro provém de florestas que foram gerenciadas de maneira ambientalmente correta, socialmente justa e economicamente viável, além de outras fontes de origem controlada.